青い花の下には秘密が埋まっている

四季島植物園のしずかな事件簿

有間カオル

宝島社
文庫

宝島社

design:5gas design studio
illsutration:大宮いお

contents

四季島植物園のしずかな事件簿

青い花の下には秘密が埋まっている

有間カオル

第１章

花は嫌い。

花は大嫌い。

なのにまさか、植物園に勤めることになるなんて。

公務員試験に受かったときは、幸せの絶頂で、まさかこんな転落が待っているとは、まったく予想すらしていなかった。

花澤咲良（はなざわさくら）は高校に入学した日から、公務員試験の勉強を始めた。

安定した仕事を得て自立し、一日も早く冷たい隙間風が吹いているような家を出るために。

気が早いと、周りの友人たちには呆（あき）れられたり笑われたりしたが、咲良は挫（くじ）けず頑張った。

努力は実り、群馬県職員三類試験に見事合格し、晴れて夢の公務員になることができた。

よほどのことがない限り、これで人生は安泰だ。もう自分一人で、誰にも頼らずに生きていける。

四月一日。希望に胸を膨らませて、立派な県庁の入口をくぐった瞬間は、今までの人生で一番輝いた目をしていたに違いない。

一ヵ月間の研修も無事終え、同期たちと離れ離れになることを少し寂しく思いながらも、いよいよ県職員として働くのだという高揚感に胸をドキドキさせつつ受け取った辞令書。そこに勤務先として記載されていたのは、『生活文化スポーツ部　関連施設　四季島(しきしま)公園』。

……公園？

咲良は五度ぐらい読み直し、二度自分の頬をつねったが、夢から覚めることもなく、文字は変わらずそのままだった。

四季島公園が町中にあるような小さな公園でないことは、県民の咲良は当然知っている。訪れたのは子どもの頃に二度ぐらい。

約三十ヘクタールにも及ぶ広大な敷地には、体育館や野球場などのスポーツ施設、県民の憩いの場である芝生広場やミニアスレチックなどを擁する総合公園だ。

三類の自分は、短大卒、大卒の職員である二類や一類の人たちのアシスタント業務、民間企業なら事務作業の一般職、そんなイメージを持っていた。

それが公園。しかも、スポーツ施設。

「運動施設の運営だって、事務仕事はあるよね」

咲良は違和感、というか嫌な予感はさらっと捨てて、バッグに辞令書を丁寧に入れると、そのまま四季島公園に向かった。


四季島公園の中枢部は、体育館の一階奥にある事務所だ。

大きな自動ドアをくぐると、広々としたロビーが広がっている。平日の午前中ということもあり、利用者はまばらでベンチでくつろいでいるのは高齢者や、小さな子どもを連れた主婦がほとんどだった。

高校の体育館と似たにおいが流れてきた気がして、咲良の緊張がちょっぴり解ける。

憩う彼らを横目で見ながら通り過ぎ、奥に続く廊下に向かう。

警備員に辞令書を見せて、「関係者以外立ち入り禁止」のプレートがかかっているロープを跨（また）いで、奥のドアに向かう。

なんの飾り気もない無機的なドアの前で、咲良は一度深呼吸をする。それから重たいドアを両手で開けると、高校の職員室のような室内が目に飛び込んできた。

「今日付で四季島公園に配属された、花澤咲良です。よろしくお願いします」

勢いよく名乗って、頭を下げた。

周りの雰囲気を窺うように、ゆっくりと顔を上げれば、全員と目が合った。と言っても、三人だけだが。

一番大きくて咲良から遠い、校長席のポジションには誰も座っていない。この施設で一番偉い人は不在のようだ。

八つの机が一つの島になっている。その島が三つ。

三人はそれぞれ別の島の席に座って、突然の訪問者に驚いたような顔をして咲良を見つめている。

自分が配属されたことを知らないのだろうかと、咲良は不安になる。

連絡ミス？　それとも辞令が間違っていた？

とにかく辞令書を見せようと、咲良がバックに手を突っ込もうとしたとき、女の笑い声がした。

三人の中で、唯一の女が笑いながら席を立ち、咲良に近づいてきた。四十歳前後に見える女で、ショートカットにスラリとした長身。体を鍛えているのか、咲良の知る四十歳の女より、若々しい体つきをしている。公園のロゴマークが入ったTシャツを着て、下はジャージのズボン。リクルートスーツ姿の咲良とは対照的だ。

「そういえば、やっと新人が来るって、宇喜多さん喜んでいましたよね」

残り二人の男も思い出したらしく、「ああ」と低い声がハモった。

「喜んでいたのに、新人が来る日を忘れて植物に夢中か」

「宇喜多さんらしいな」

自分が来ることを忘れている……、不安になる咲良を安心させるように、女が笑みを浮かべて四季島公園の案内図を差し出す。

「彼ね、植物の世話をしていると夢中になってすべてを忘れてしまうのよ。でも、あなたが来るのをとても心待ちにしていたから、早く行ってあげて」

植物という単語に、咲良の顔が一瞬引きつる。

「ちょっと変わったところがあるけれど、基本的に穏やかで植物のような人だから」

と言いながら、女が案内図を机に置いて、指をさした。

咲良は女の爪が示す箇所に目を落とし、「げ！」っと、叫びそうになったのを堪えた。きれいに切り揃えられた爪の先が示したのは、緑の枠の中の『植物園』の文字。

勤務先が植物園。まさか……。

口の端が小さく痙攣しているのを感じる。相手に知られぬよう、うつむいたまま咲良は地図を見つめるふりをする。

「ここよ。この売店が事務所を兼ねているから」

緑色の枠の、入り口に近い場所に小さな灰色の四角。その中に売店の文字。

「ひとりで行ける？」

女の問いに、咲良は不安を隠してうなずいた。

体育館を出て、公園の案内図を手に植物園に向かう咲良の頭には、不安と疑問がいっぱいだ。

植物園があるなんて知らなかった。子どもの頃に来たときには……、あったのかもしれないけれど気づかなかった。

「植物園か……嫌だな」

てっきりこの体育館にある事務局で、園内管理のアシスタント業務をするのだと思っていた。

それなのに植物園。植物の世話とかさせられるのだろうか、と不安になる。咲良は就職を見据えて、商業科に進学し、簿記や英検の資格をとったが、植物に関する知識はまるでない。そもそも植物が好きでない。好きでないというか、大嫌いだ。しかも、土いじりなんてしたくないし、日焼けするのも嫌だ。

絶望感に襲われ、ふらふらと夢遊病者のように植物園の、事務所兼売店という建物を目指す。先に見えたのは、立派な藤棚だった。

遠くからでも霞(かすみ)のように美しい紫が目立つ。その下には木製のテーブルが二基、それを挟むようにベンチが二台。それが二組。今は誰もいない。

藤の花があまりにも華やかで目立つため、その隣に建つプレハブの小屋に気づかなかった。気づかなかったのは、小屋の壁に並んだ二つの自動販売機の存在に埋もれていたのもある。

入り口は両開きのガラス戸で、内側に『営業中』のプレートがかかっていた。

ガラス越しに店内をのぞくと、六畳ほどの広さで、木製の棚に種や苗などが置かれていた。

そして、誰もいない。

咲良はドアを開けて店内に入る。土と植物のにおいが濃縮された空気を感じた。

「無人販売所……?」

左手にはレジカウンターがあり、そこには「ご用の方は体育館総合受付まで」とプラカードが置いてあった。

レジの奥にドアがある。ドアの向こうが事務所なのだろう。

あのドアの向こうに、自分の上司となる人がいるのかと、咲良は緊張しながらドアをノックする。

何の反応もない。

試しにドアノブを手にすると、簡単にドアは開いた。

なんて無防備な、と眉を顰(ひそ)めた瞬間だった。

「イラッシャイマセ」

突然のしゃがれた声に、咲良は驚いて一歩飛び下がる。

忘れられていなかったと、やや安堵し事務所に入って頭を下げる。

「花澤咲良です。よろしくお願いします。——え？」

顔を上げて、事務所に誰もいないことに気づく。

事務所は倉庫のような空間で、小さな換気のための窓が天井近くに一つあるだけ。小さな机とパイプイス、古い棚だけのシンプルな事務所。

デスクの上には、大きな鳥籠。

鳥籠の中には、オレンジ色の嘴をした黒い鳥が、キョロキョロと辺りを見回している。

「なんで鳥がいるの？　で、上司……宇喜多さんは？」

「枯レ木モ山ノ賑ワイ」

「わっ！」

再び響いたしゃがれ声に、咲良は飛び上がる。

「もしかして、九官鳥？　さっきのセリフもあんたが言ったの？」

鳥に詳しくはないが、人の言葉を話すといえば九官鳥とオウムぐらいしか思いつかなかった。

咲良は事務所に足を踏み入れて、鳥を脅かさないよう慎重に鳥籠に近づく。

「というか枯れ木、って私のこと？」

鳥は首を左右に傾げながら、近づいてくる咲良を睨んでいる、ように見える。

「お前、なんでここにいるの？　ここで飼われているの？」

鳥は威嚇するように、真っ黒い翼をバサリと開いた。

「……人間の言葉が話せても、会話ができるわけじゃないのね」

役に立たない鳥は無視することに決めた。

「それにしても、宇喜多さんは？」

咲良が来るのを楽しみにしていた、のにいないとは？　植物の世話をしていると夢中になって忘れてしまうと言っていたが、本当に咲良が来ることを楽しみにしていたのだろうか？

咲良は大きくため息を吐く。

事務の仕事ではなく、さらに上司まで嫌な奴だったら、少なくとも一年は地獄だ。年度が替わる頃に異動願いを出すことは可能だが、必ずしも叶えられるとは限らない。しかも一年で異動希望なんて出したら、我が儘、コミュニケーション下手、生意気な新人と思われてしまうかもしれない。

暗澹たる気持ちで、これからどうしようと項垂れ、足元を見つめていると、園内放送が流れた。

ピンポンパンポーン。

『宇喜多さん、宇喜多さん。大至急、植物園事務所にお戻りください。繰り返します――』

スピーカーから聞こえてきたのは、咲良に地図を見せた女の声だった。

彼女はなぜ、植物園事務所に宇喜多がいないことを知っているのだろうと、不思議に思いながら、狭苦しい倉庫――ではなく事務所を出て売店側に戻る。

棚に置いてある苗や、種、肥料を眺めながら時間を過ごす。五分ほど経ったただろうか、乱暴にドアが開かれる音がして、咲良は驚き振り返った。

ドアには、うつむきもたれかかるようにして大きく呼吸している男がいた。汗もかいている。

放送を聞いて、全速力でここにやって来たようだ。

まだ完全に息が整っていないまま、男が自己紹介を始める。

「は、はじめまして。植物園長の宇喜多です。大学で植物学を学び、十年前に特別職枠で県職員になりました。歳は三十八です。これからよろしくお願いします」

額から汗を流し、満面の笑みで右手を差し出す。指先には乾いた土がついていて、反射的に咲良の顔が強張る。宇喜多はすぐに自分の失態に気づき、慌てて手を引っ込める。

「ああっ、失礼！　すぐ、洗ってきますね」

言うが早いか、売店を出ていく。開けっ放しのガラス戸から頭を出して、宇喜多が走っていったほうを見ると、売店から三メートルほど先にある、藤棚の下、木のベンチが並ぶ休憩所の中心で身を屈(かが)めていた。そこに水道があるようだ。

咲良は顔を引っ込めて、絶望にため息を吐いた。

宇喜多の服装は、県マークの入った茶色のツナギ。首にかけたタオル。足には黒の長靴。土に汚れた手。

「ださい……」

自分も明日から、あの姿で……。どんよりと重くなっていく気分を、首を振って無理やり吹き飛ばす。

いや、仕事だ。仕方ない。希望の職種でなかったとしても、仕事なのだからしっかりこなさなければ。なにもかも希望通りになんていかないのだから。

「でも、よりによって植物園なんて」

呪うように小声で愚痴っていると、宇喜多が戻ってきて、咲良はすばやく姿勢を正した。

「さきほどは汚れたままで、すみませんでした。改めて、よろしくお願いします」

宇喜多は満面の笑顔で、咲良は引きつった笑顔で対峙する。

「よ、よろしくお願いします。あの……私、植物の知識なんて、あまりないのですが」

「大丈夫です。花が好きであれば。花澤咲良さんって、素敵なお名前ですね。花好きのご両親がつけてくれた名前なのかな？」

その言葉を聞いた瞬間、咲良の胸に冷たい刃が落ちてきた。先ほどまでの、絶望や落胆を押しのけて、怒りが湧きあがる。

「あの、私の名前で……名前で配属が決まったのですか？」

咲良の心の内など知らない宇喜多が、うっとりと空を見上げて続ける。

「美しい名前を見た瞬間、ピンと来たんです。きっと花澤さんは、この植物園に幸をもたらす女神になってくれると思ったんです。今までは僕一人で、現状を維持するだけで精一杯でしたが、これからもっと皆さんに喜んでもらえ、また多くの人が植物に興味を持ってもらえるように、女性や若い人の感性で売店の充実なども行っていきたいと思っています。植物で人々を幸せにしたいと――」

「すみませんっ！」

放っておくと、いつまでも続きそうな宇喜多の言葉を遮った。勝手に膨らんでいく彼の夢の風船を、割ってやるぞとばかりに声を上げた。

宇喜多は我に返ったように、目を瞬き、姿勢を正して咲良に向き合う。

「あ、ごめんなさい。しゃべりすぎました。仕事の説明のほうが先ですね」

「その前に一つ、いいですか？」

「質問ですか？　どうぞ」

「私、植物に詳しくないだけじゃなくて、嫌いなんです。申し訳ございませんが、女性や若者の感性とか、あまりお役に立てそうもありません。あ、もう一つ申し上げるなら、女なら誰でも花好きで、花束をもらったら喜ぶと思ったら大間違いです」

　期待に満ちていた宇喜多の顔が驚愕に代わる。

「花束って、もらっても花瓶に入れたり、水を換えたり、水切りしたりと面倒ですし。かといって、捨てるのもかさばって大変だし。さらに鉢植えなんかもらったら、ずっと世話しなければならないし。あと、虫が寄ってきたら最悪だし。虫大嫌いだし。花を贈られるのって、私にとっては本当に迷惑です。名前から連想とか、女だからとかで、花好き、世話好きと思われるのは心外です。セクハラです。っていうか、私、本当に花大嫌いなので」

　胸の奥から湧き出てきた怒りに任せて、衝動的に咲良は上司に向かって一気に思いの丈をぶちまけた。

　すべてを出し切って、ようやく宇喜多の表情が凍りついているのに気づく。

「あ、いえ、その……」

　今度は咲良が顔を引きつらせる番だった。

初日、しかも会ったばかりの上司に立てつくようなことをしてしまった。高校出たての新人の分際で。ついうっかり、本音を吐き出してしまった。まるで感情的な子どもだ。

恥ずかしさと後悔で、咲良はうつむくしかない。

簡単に職を失うことのない公務員とはいえ、これはさすがにレッドカードだろう。職務拒否ととらえられるかもしれない。

植物の知識はありませんが、これから一生懸命勉強して、お役に立てるよう頑張ります。こう言うのが正解なのに。

最低でも来年の三月、異動願いが叶えられなかったら何年になるかもしれない職場で、直属の上司の不興を買ってしまえば、職場が地獄になるかもしれない。

生意気で厄介な新人と思われたのは間違いない。

一瞬の怒りを抑えられなかった自分の未熟さを呪いながら、宇喜多が険しい目で咲良を睨んでいるであろうと、覚悟して恐る恐る顔を上げた。

「え？」

思わず咲良の口から声が出る。

宇喜多は捨てられた子犬のように、泣きそうな顔で青ざめていた。

「ご、ごめんなさい。セクハラ……訴えないでください」

先ほどまでは満開の花のような表情だったのに、今は萎れた花のように背中を丸めている。

「あ、いえ、セクハラは言い過ぎでした。申し訳ございませんでした」

公務員という堅い職業。パワハラ、セクハラという言葉には弱いのかもしれない。咲良はちょっぴり胸を撫でおろす。

「花……嫌いなんですね。すみません。勝手に勘違いしていました」

宇喜多がますます悲壮な表情で言う。

「今日は初日で疲れたでしょうから、帰宅してもいいですよ」

「え、それって？」

――クビ？

「ぼ、僕は植物の世話があるので、外回りしてきます。それでは」

宇喜多はふらふらとよろめきながら、売店を出て行ってしまった。

「どうしよう……」

咲良もよろよろと力なくレジのイスに腰を落とした。

帰っていいと言われて、素直に帰るなんてできない。少なくとも定時の十七時まではここにいるべきだ。

すぐ彼を追いかけて、土下座する勢いで謝ればいいのだろうか。今からでも遅くないか。

なんて考えている間にも時計の針は進み、ますます宇喜多を追うのが困難になってしまう。それに、売店を無人にしてよいのか判断できない。

途方に暮れたままレジのイスに座っていると、売店のドアが開いた。

反射的に咲良は立ち上がる。壁掛け時計にちらりと目を向ければ、宇喜多が去ってから三十分が経っていた。

「い、いらっしゃいませ」

緊張で引きつった笑顔を浮かべながら入口に目を向ければ、咲良にここを案内してくれた女職員が立っていた。店内を見回して尋ねる。

「ひとり？　放送入れたのに宇喜多さん戻ってないの？」

「いえ、三十分ぐらい前にお会いしたのですが……。でも、植物の世話があると言って出て行ってしまって。私、なにをしたらいいのかわからなくて」

「なんてこと。あの植物馬鹿」

女は目を丸くした後、いきなり笑い出す。

「用事のついでに寄ってよかったわ。彼のことだから、ちょっと心配したのよね。でも、まさか新人を放ってしまうなんて。普通は宇喜多くんがうちに入った新人、よろしくお願いしますと言って、あなたを各部署に連れて挨拶回りに行くべきなのに。植物馬鹿にもほどがあるわ」

笑いを止めると、咲良を力づけるように胸の前でガッツポーズを作る。

「花澤さん、だっけ？　一緒に探しましょう。彼がいる場所、だいたいの見当はついているわ」

ダンスでターンをするようにクルリと女は背を向け、売店を出て行こうとする。

「あの、お店が無人になりますが」

「大丈夫、大丈夫。今までもほとんど無人だったし」

そういえば自分が来たときも無人で、謎の九官鳥しかいなかった。咲良は慌てて女の後を追う。

「さっきは自己紹介を省略しちゃったね。そのうち宇喜多くんが新人を連れて、挨拶回りに来るだろうからと油断していた。私は緑川（みどりかわ）。宇喜多くんよりも二年早く特別職員枠でこの公園に就職したの。つまり彼の先輩ね。もう十年近くスポーツ指導員として働いているの」

スポーツ指導員ということは、昔からなにかのスポーツを行っていて、今でも体を鍛えているのだろう。四十代にしてはキビキビとした動作に、均整の取れたスマートな体型の理由がわかった。

「今は春バラが一番きれいな時期だから、きっとそこよ」

緑川は迷うことなく植物園を進んでいく。咲良は引っ張られるように、緑川の後ろをついていく。

平日の午前中だからか、来園者は少ない。犬を連れた中年女性、ベビーカーを押している母親、体育館の方へ向かう年配者の姿を時折見かけるぐらい。閑散とまではいわないが、スポーツ施設に比べると、だいぶ寂しい。

幅二メートルぐらいの小径が迷路のように入り組んでいるが、低木や花壇がほとんどなので、遠くまで見渡せる。

木や花には、それぞれの名前とちょっとした説明が印刷されたプレートが土に刺さっている。興味のない咲良はそれらに目を止めることもなく、ただ緑川の後をついていく。売店の中とは違う、土と緑の香りに包まれて、少しだけ嫌な思い出が頭をよぎった。咲良は拳をギュッと握り、強く息を吐いてそれを頭の中から追い出す。

「やっぱりあそこね」

緑川が人差し指を真っ直ぐ前に突き出す。咲良が目を凝らせば、黄色いバラの木の元で、うずくまるように膝を抱えている宇喜多がいた。

「なんか、あれ、すっごい落ち込んでいるみたいね。花澤さん、なにかあった？」

「花……好きじゃないって言ったぐらいですけど」

咲良は微妙に自分の発言をオブラートに包む。

「花粉アレルギーでもあるの？」

「いえ、そういうわけでは」

　つい正直に答えてから後悔する。花粉アレルギーってことにすればよかったと。それなら角が立つような言い方などせずにすんだかもしれない。

　宇喜多が、近づいてくる二人分の足音に気づき顔を上げた。涙は流れていないが、完全に泣き顔だった。咲良の心にちょっとだけ罪悪感が湧いたが、それを打ち消すように緑川が言う。

「ちょっと、宇喜多くん。新人ほっぽりだしちゃダメじゃない！」

　いきなり緑川の叱咤に、宇喜多は弾かれたように立ち上がる。歳はほとんど変わらないだろうに完全に先輩と後輩、というよりも母親と息子といった様子だ。

「すみません。少し動揺してしまいまして、花を見て心を落ち着かせようと……」

　緑川が呆れ顔で大きくため息をつく。

「なにが動揺よ。初めての就職先で、しかも初日にいきなり放置された花澤さんがどれだけ不安になるか、ちゃんと考えなさいよ」

　宇喜多の背がションボリとさらに丸まり、萎れかけの向日葵を連想させた。

「あなたが望んだ人員補充で来てくれた新人なんだから、ちゃんと気にかけて育てないと」

　緑川はバンと大きな音を立てて、宇喜多の背中を叩いた。

「じゃ、私は戻るけど、ちゃんとするのよ」

もう一度念を押して、緑川は去って行った。

残ったのは気まずい雰囲気。

謝罪するべきか、でもなにを謝罪すればいいのか、咲良が戸惑っていると、宇喜多が腰を折った。

「あ、あの、花澤さん、本当に申し訳ありません。放置するつもりではなかったのですが、結果そうなりましたよね。本当に上司失格というか、人間失格というか、肥料になって植物に吸収されてしまいたいぐらいです」

それは穴があったら入りたい、みたいな意味だろうか？

ネガティブすぎる、と正直な感想は隠して、咲良も小さく頭を下げる。

「いえ、私こそ失礼なことを言ってすみません。植物は苦手でも、仕事ですから、精一杯頑張ります。植物のことは、これから勉強します」

宇喜多が顔を上げた。泣き笑いの表情だった。

「植物の知識はなくても大丈夫です。植物の世話は専門業者に委託していますから。彼らの手が届かないところを僕がフォローしています。なので、花澤さんには売店を預かっていただけたらと思っています。だから、直接植物の世話をしたりすることはないので、虫に悩まされたり、日焼けを気にされることはないと思います」

植物の世話はしなくていいのかと、咲良は心底安堵する。

「接客業なら、お役に立てそうです。コンビニエンスストアでアルバイトした経験もあるので」

「本当ですか！　よかった」

宇喜多は笑顔を浮かべる。が、どこか弱々しい笑み。まだ、全回復はしていないらしい。

「まずは売店の管理をお任せして、後々は業者との契約業務や、会議への出席やその議事録作成などの事務業務をお願いしたいです。今はただ、植物園の維持だけに留まっていますが、ゆくゆくは植物園主催のイベントなども行いたいと思っているので」

「イベントとは？」

「はい。スポーツ部の方では、マラソン大会や親子で縄跳びなどいろいろと企画をしていますが、植物園は僕一人ということもあって、なにもできなかったのです。人々がもっと植物に関心を持ってもらえるようなイベントができたら、というのが僕の夢です。花澤さんにもいろいろと企画を考えて欲しいと思っていますが、無理はしないでください。植物が嫌いとは知らなかったもので……。もっと事前にリサーチすべきでした」

宇喜多の声がどんどん細く小さく沈んでいく。

重い空気が二人の間を漂う。宇喜多は消沈しきっているようだ。咲良は会話の糸口を探し、事務所に謎の鳥がいたことを思い出す。

「そういえば、鳥がいましたけど。宇喜多さんの鳥ですか？」

宇喜多がビクッと肩を跳ね上げる。

「あ、あの、鳥は嫌いですか？」

「鳥は好きですけれど」

「よかった」

宇喜多の顔面が脱力した。

「九官鳥のふーちゃんです。言い忘れていました。売店だけでなく、ふーちゃんのお世話もお願いしたいのですが」

「ふーちゃん？」

「正式な名前は、風月（ふうげつ）ちゃんです。一ヶ月前に、植物園のゆるキャラとして採用しました」

「どうして、風月？」

「植物園に九官鳥、つまり花に鳥、ときたら次は風月でしょう。花鳥風月の風月ちゃん」

「風月なんて、立派すぎて、とてもゆるキャラって感じじゃないですけど」

「なので、ニックネームはふーちゃんです。親しみやすいでしょう？」

「ふーちゃんって、女の子、いえメスなんですか？」

宇喜多は初めて気づいたというように眉間にシワを寄せて考え込む。

「僕は鳥には詳しくないのでわからないです。ふーくんより、ふーちゃんのほうが親しみやすいかなって」

適当だなという感想は隠しておくことにした。

「ふーちゃんは、とてもお利口さんなのです。すぐに人間の言葉を覚えて真似し、しゃべります。あまりにしゃべりすぎてうるさいと、元の飼い主に捨てられた可哀相な天才鳥なのです」

「無駄にドラマがありますね」

「すみません」

宇喜多が項垂れる。別に宇喜多のせいではないのに。

「でも前の飼い主から、育て方はちゃんと教わってますからご安心を。決められた量の餌をあげて、籠の清掃をすればいいようです」

「それよりも、ゆるキャラなら店の目立つところに置いていたほうがいいのでは？」

「そうですね。これからはそうしたいです。今までは僕しかいないので、売店が無人のときは事務所に鍵をかけて、ふーちゃんを隠していました。イタズラされたりしたら困るので」

「売店は無人で大丈夫なんですか？　レジもあるのに無防備では？」

「あ。レジにはちゃんと鍵をかけています。後で鍵をお渡ししますね。といっても、たいした金額は入っていません。それに店の商品も、この植物園で採れた種や苗、あとは土とかドライフラワーなど、仕入れ原価はほぼ無料なので」

確かに品揃えは地味だったと、咲良は売店の棚を思い出す。あれらを盗むとしたら、よほどの植物好きか、盗癖のある者だろう。とはいえ、治安的によろしくないのではないか。植物園の売店が盗み放題なんて、ＳＮＳで広がってしまったら大変だ。その危険性を問えば、宇喜多は自信満々に答える。

「一応監視カメラもついていますし。ダミーですけど」

「ダミーじゃ……」

ダメじゃん、と咲良は心の中でつっこむ。

「一応の抑止力になるはずです。実際、僕が植物園に着任して十年、盗難は起きていませんから。植物好きの人に、悪人はいないと思うんです。それに多くの常連さんたちが支えてくれますから」

植物好きに悪人がいないなんて、植物嫌いの自分が非難されている気がして、咲良は声を尖（とが）らせる。

「でも、ふーちゃんは危ないから、無人のときは店頭に出さないんですよね」

宇喜多が深くため息をつく。

「ふーちゃんはおしゃべりですから。下手にイタズラ好きの子どもたちの目に止まっては、と。なので鍵のかかる事務所に入れています」

「……事務所、鍵がかかっていませんでしたよ」

咲良は自分が最初に売店を訪れたときのことを思い出す。

「えっ⁉」

宇喜多の体が小さく跳ね上がる。

「え、ええと……」

今度は目が泳ぎ出す。

「すみません。僕は迂闊で、おっちょこちょいで、一つのことに夢中になると他が疎かになるので、よくそういうミスをします」

宇喜多がションボリと背をまた丸めて歩き出し、その頼りなさに不安になる。

とにかく自分は植物の世話をしなくてもいい、それだけは救いだった。

帰宅した咲良は、玄関から真っ直ぐに自分の部屋に向かい、スーツのままベッドに倒れ込んだ。

「……疲れた」

疲れるようなことは何一つしていないが、精神的な疲労感が体中にへばりついている。

結局あの後、売店でレジの使い方や九官鳥の世話の仕方を教わり、それから宇喜多に施設案内をしてもらいながら、各部署の職員、パートやアルバイトの人も含めて挨拶をして回った。

その後は一人で売店の留守番。

客は一時間に一人ぐらいの割合で来店したが、入口からちょこっとのぞいて、ぐるりと店内を見回すと無言で去って行くばかりだった。

商品ラインアップを思い出せば、納得がいく。

それでも一日中緊張していたのもあるし、予想外が多すぎて心臓の運動量がいつもより多かったのは事実だ。

咲良は宇喜多の顔を思い出そうとしたが、ピントが外れた画像のように、曖昧にしか瞼（まぶた）の裏に浮かばなかった。顔よりもツナギや黒い長靴の印象が強すぎて。

植物馬鹿。緑川の言葉を思い出す。

悪い人ではない、たぶん。パワハラやセクハラをする感じではなさそうだし、言葉遣いも、物腰も柔らかくて、きっと……当たりの上司なのだ。

「明日からは、本格的に植物園勤務か、っていうか売店勤務か。植物に接しなくていいのはありがたいけど。正直テンション上がらないなぁ」

可愛らしくも美しくもない、客もほぼ来ない店。ゆるキャラとは思えない鳥。

辞令を受け取ったとき、事務や窓口業務だとは予想していたが、ある意味窓口業務だけれど、かなり想像と違っていた。

「でも、辞めるわけにはいかないんだもん。頑張らなきゃ」

ハァーっと、枕にタメ息を吹きかけた。それに応えるように、枕が震えた。

「なにっ⁉」

驚いて上半身を起こす。

震えていたのは、枕のすぐそばに落ちていたスマートフォンだった。

高校で一番仲の良かった友だちの真由美(まゆみ)からＬＩＮＥが入っていた。

　真由美：配属先、どうだった？　どこに配属になったの？

真由美は県内の服飾専門学校に進学した。

咲良はぶっきらぼうに返信する。

咲良：植物園。

　真由美：植物園！

真由美の甲高い笑い声が聞こえた気がした。と、思ったら電話がかかってきた。

受信を押してスマートフォンを耳に当てると、笑い声が爆発した。

『えー、植物園って、なに？　県職員にそんなのあるの？』

うんざりしながら咲良は答える。

「四季島公園勤務で、その中にある植物園配属。まさか、そんなところに配属されるなんて、一ミリも予想していなかった」

『あー、確かに県立公園だね。そこにも公務員っているんだ。へえ。初めて知った』

自分もだ、と咲良は思う。

『で、植物の世話をするの？　枝切ったり、肥料を撒いたりとか？』

「それはない。今のところは。売店兼事務所の留守番。ものすごい暇な職場かも」

『えー、ラッキー、ラッキーじゃん』

ラッキー、なのだろうか？

『怖い上司とか先輩はいた？』

「上司は……よくわからない人。厳しい人じゃなさそう。言葉遣いは丁寧だし。先輩はいない、いない、いや」

ふーちゃんは先輩か？　先輩になるのか？　少なくとも咲良より早く売店にいた。

『先輩はいないの？　ますますラッキーじゃん！　よかったね』

「先輩はいないけれど、代わりに九官鳥がいて。その世話をしなければならないみたい」

スマートフォンから再び笑い声が爆発した。

『鳥が先輩って、超ウケル』

「先にいるだけで先輩じゃないし。世話をするのこっちだし」

『暇でペットまでいて、楽しそうないい職場じゃん』

いい……のかなぁ、と咲良は小さく息をつく。

『定時で帰れるの？』

「うん。それは大丈夫みたい。植物園は無料で、いつでも入場できるけど、売店は午後五時に閉めるから」

『じゃあ今度、仕事帰りに、ご飯食べようよ』

「うん。ご飯しよう」

じゃあね、と言って電話を切る。真由美と話していたときは上がっていた気分が、彼女の声が聞こえなくなった途端、一気に降下する。

咲良はスマートフォンをベッドに落とし、くるりと寝返りを打った。白い天井で視界がいっぱいになる。

ぐううぅ、とお腹（なか）が鳴った。空腹の自覚はないが、体が栄養を求めているらしい。

咲良はベッドを抜け出し、リビングへと向かう。

あまり人の気配がしない家。２ＬＤＫのマンション。家の主、咲良の父は長期出張が多く、年間の半分以上は外泊だ。

ほとんど一人暮らしのような家。たまに帰って来る父は、寝るだけ、荷物の入れ替えをするだけで、この家に暮らしているとはとても言えない。

仕事のせいだけでなく、咲良に気を遣っているのかもしれない。

咲良は台所に入って、冷蔵庫をのぞき込みながら思う。

母が亡くなってから、父とは距離ができた。いや、それ以前からあった。父と母の間にもあったのだろうか？　自分が幼くて気づいていなかっただけで。

リビングから殺風景なベランダが見える。母が生きていた頃は、プランターが所狭しと並んでいて、真冬以外にはなんらかの花が咲いていた。父のいない寂しさを花で埋めていたのだろうか？

咲良は窓に近づいて、乱暴にカーテンを閉めた。

仕事ばかりの父。母子家庭のような家。今思えば、どこか隙間風が吹いているような家庭だった。

ずっとこの家で暮らしているのに、自分の家、という感覚がない。居候のような感覚が心の隅に沁みついている。

冷凍庫からブロッコリーとニンジン、モヤシ、冷蔵庫から豚肉を取り出して、熱したフライパンに放り込む。

冷凍ご飯をレンジで温めて、お湯を沸かし、インスタントの味噌汁に注ぐ。

十分後、テーブルにはご飯と味噌汁、肉野菜炒め、作り置きのもやしナムル、キノコのピカタ、キュウリの浅漬けが並ぶ。

短い時間で、そこそこ充実した夕食ができあがった。多めに作ったので、明日のお弁当の分もある。

「いただきます」

ひとりぼっちの食卓で、咲良は手を合わせる。もやしを口に入れながら考える。

「一年後には、家を出られるかな？」

今の暮らしなら、給料のほとんどを貯金できる。お金が貯まったら、一人暮らしをしたい。さっさと父の保護下から脱出して、自分自身の力だけで生きていく。

一人で暮らす。それは、母を亡くしたときから抱いていた、咲良の夢、目標だった。

この家は、私の居るべき場所ではない、という思いが他人の家にいる気持ちにさせるのだろう。

一人の食事はとっくに慣れた。料理の腕も上がった。貯金さえ貯まればすぐに一人暮らしを始められる。

「定年まで植物園、とはならないだろうし、うまく行けば来年転属できるかもしれない。なんとかうまくやって行こう」

ひとりぼっちの食卓で、咲良は自身を奮い立たせるために、気持ちを言葉にした。

ドアのガラス越しに、レジカウンターでふーちゃんの世話をしている宇喜多の姿を見つけて、咲良は喉の奥で「グゲッ」という品のない悲鳴を上げた。

新人だから勤務時間の九時よりも二十分前に出勤したのだが、もっと早く来るべきだったのか。宇喜多はすでに、ツナギに長靴姿、すぐにでも園芸仕事に行ける準備ができている。

まさか、家からその姿で出勤したのか。咲良の頬が引きつる。

ドアを開けると宇喜多と目が合う。

「すみません、遅くなりました」

頭を下げる咲良に、宇喜多は困ったように笑みを浮かべた。

「全然遅くないですよ。まだ九時前じゃないですか」

「でも、宇喜多さんにふーちゃんのお世話を」

「あ、気にしないでください。僕は好きで毎日だいたい七時には来ていますから。なので朝の餌は僕がやっておきます。ふーちゃんは、お腹が減っていると荒ぶるので」

餌をつついていたふーちゃんが頭を上げて、威嚇するように翼を広げた。

「花ヨリ団子、花ヨリ団子」

意味はわかっていないだろうが、なんとなくそれらしい言葉をしゃべるのがなんとなく小憎らしい。

店内を見回すと、昨日はなかった壁の布が目に入る。壁に似たアイボリー色の布が、なにかを隠すように、こんもりと膨らんでいる。大きさは広げた傘ぐらいだ。

「あれはなんですか?」

咲良が指さすと、宇喜多が焦り出す。

「あっ、あれは、その、気にしないでください。ただの布です」

怪しすぎる。

「なにか危険なものですか?」

「まさか危険なんて!　あ、でも……考えようによっては……」

「とても気になるんですけれど」

「と、とにかく触れないでください。大丈夫ですから」

なにがどう大丈夫なのか、まったくわからない。しかし、上司の命令ならば従うしかない。ここで反抗的な態度をとるメリットはない。

「……わかりました」

従順な部下を演じる。

宇喜多がホッとした表情になり、鳥籠を持ち上げる。

「今日は天気がいいし、花澤さんがいるから、久しぶりにふーちゃんにも働いてもらいましょう」

明るく話題を変えて、宇喜多は咲良の横を通り過ぎ、売店を出てドアの横にある壁から枝のようにニョキッと出ている大きなフックに鳥籠をかけた。

初めて咲良は気づいたが、フックは明らかにハンドメイドと思われる。若干取り付けが曲がっていたし、デザインもイマイチ。プロの仕事なら杜撰(ずさん)すぎる。下手なＤＩＹとしか見えない。宇喜多がとりつけたのだろう。

「たくさんお客さんを呼んでくださいね」

宇喜多が鳥籠の隙間から指を入れて、ふーちゃんの羽を撫でようとして指を突かれる。なつかれているわけではなさそうだ。

「風が強くなったり、雨が降ってきたら店内に入れてあげてください」

「はい」

「困ったことやトラブルがあったら携帯に連絡ください。あるいはそこの内線電話で警備の人を呼んでください」

言うが早いが、宇喜多はさっさと売店を出て行ってしまった。

ポツンと残された咲良は、宇喜多が植物園の緑の中に消えていくのを見届けてから、ふーちゃんに目を向ける。

もうお腹はいっぱいなのか、ふーちゃんは止まり木で羽を繕っている。自由気ままだなと見つめていると、目が合った。

「枯レ木モ山ノ賑ワイ、枯レ木モ山ノ賑ワイ」

「それって、あんたのこと？　それとも私のこと？」

咲良はふーちゃんを睨みつけるが、当の本人はまったく気にすることなく羽繕いを続ける。

鳥と意思疎通なんて無理だと、咲良は諦めてレジについた。

パイプイスに腰を降ろし、頬杖（ほおづえ）をつきながら客を待つ。

レジから店内が一望できる六畳ほどしかない店舗。

ちょっとした飲み物やお菓子などが置いてあれば、もう少し客が来るだろうか、と考えてすぐに否定する。飲み物は自動販売機が売店の外に設置されている。コンビニも植物園を出てすぐのところにあるから、効果は期待できない。そもそも売店は必要なのか？　植物園で採れる種を無駄にしたくないだけに存在するのか。

客も来ず、特にやることのない咲良はボーッと店内を眺めている。

どうしても目につく、壁の布。

触るなと言われると、よけいに触りたくなるのが人の性。

咲良は宇喜多が去って十分も経たずに、レジから出てきて対面の壁にかかっている布に向かって歩き出す。

目の前にやってくると、一応周りを見回して、そっと布の端をつまむ。

「見たら死ぬってわけじゃないよね」

ゆっくりと布を捲りながら、のぞき込むように腰を落とす。

見えてきたのは、逆さに吊られた十本ほどの黄色いバラだった。花束のように括られて、壁のフックに吊されている。昨日、宇喜多がしゃがみこんでいた黄色のバラの花だった。

咲良は布を上げたまま、呆然と立ち尽くす。

ただのバラなのに、なぜ、宇喜多はこれに触れるなと言ったのか？

「布を被せることによってなにか特別な加工をしているとか？　この布も、なにか特別な効果があるとか」

咲良はそっと布を元に戻す。

「イラッシャイマセッ！」

突然の奇声に、咲良は布を持ったまま跳び上がりそうになった。焦ってドアを見るが、そこに人影はいなかった。

「ちょっと、脅かさないでよ」

咲良はガラスドア越しに恨めしい視線を投げつけるが、当の本人はまったく気にすることなくチョンチョンと止まり木を反復横跳びして遊んでいる。

「アホ九官鳥め」

鳥になにを言っても無駄と、咲良は仕方なくレジのイスに腰を降ろして客を待つことにした。

それから二時間後。咲良は大きく口を開けてあくびをした。

「あー、暇」

出勤二日目で、早くも根を上げそうだ。咲良は目尻に溜（た）まった涙を指でこすり、レジのイスに座ったまま、大きく背伸びをした。

売店の留守番を任されたときは、座っているだけでいい楽な仕事だと思ったが、ほとんど客が来ないレジ係は暇で暇でしょうがない。

そもそも平日の昼間に植物園に訪れる人が少ない。

やることがない時間は過ぎるのが遅い。遅すぎる。

ずっと座りっぱなしも疲れるので、咲良は立ち上がり、なんとなく店内をうろうろして、商品を手に取ったり、棚を拭き掃除したりしてなんとか時間を潰していく。

午後には植物園に足を訪れる客も多くなり、売店の軒先に吊るされているふーちゃんに目を止める人もいた。が、ドアのガラス越し、あるいはドアを開けて首だけ入店し、店内を見て去って行く。

人寄せにはなっているが、客寄せにはなっていない。

時々、ふーちゃんの「イラッシャイマセ」の声に反応してドアのほうに顔を向けるが、客が入ってきたことはない。

「これが最低でもあと一年近くは続くのか……」

激務の人からしたら、上司も先輩もいない職場で、たったひとり自由気ままな留守番で給料がもらえるなんて、と羨ましがられるかもしれないが、当の本人にとっては延々と続く孤独地獄にように感じられた。

なかなか進まない壁掛け時計を何度も睨みつけながら、咲良はひたすら孤独に耐える。

「イラッシャイマセ」

今日、何度目か数えるのも面倒になったふーちゃんの甲高い声に、冷ややかに反応する。

「もう引っかからないよ」

咲良はレジカウンターで頬杖をつきながら、ドアを見ようともしないで半分居眠りしていた。

完全に油断していた咲良の耳に、弱々しくドアが開く音がした。

慌てて背筋を伸ばしてドアの方を向く咲良。

店の入口には、ランドセルを背負った女の子が立っていた。小学三年生ぐらいだろうか。艶(つや)やかな長い髪を無造作に一つに束ねているのが印象的だった。

「い、いらっしゃいませ」

突然の来客に、声が上擦(うわず)る。

女の子はどこか怯(おび)えたような顔で店内を見回す。自分が驚いたアクションをしたせいで、相手を怖がらせてしまったのかもしれない。咲良はレジから出ると、女の子のそばに寄って腰を折り、精一杯優しいお姉さんの笑顔を作る。

「なにか探しているのかな？」

女の子はおどおどしながら棚を見回す。そして失望した顔で、咲良に声をかけた。

「あの…お花は売っていないんですか？」

「花？」

「花束……とか」

ここは花屋じゃなくて植物園だ、という言葉は喉の奥で潰す。

小学生にその区別は難しいのかもしれない。花が咲いている植物園なら、女の子が望むような可愛い花束が売っていると勘違いしても仕方ない。

「ごめんね。ここには種とか苗とか土しかないの」

女の子は明らかに落胆した表情。

「……ありがとうございました」

女の子はうつむいて店を出て行った。

花屋みたいな店を期待してドアを開いたのだろう。ちょっと、気の毒になる。が、売っていないのだからしょうがない。

「がっかりさせちゃったな。小さな女の子が好きそうなもの、ないもんねぇ」

店を出て、トボトボと植物園をバス停に向かって歩いて行く女の子の後ろ姿を見つめながら、咲良はため息混じりに呟く。

「骨折リ損ノクタビレ儲ケ」

「うるさい。事務所に閉じ込めるわよ」

ふーちゃんが抗議するように羽を大きく広げた。

「本っ当に生意気な鳥！　たいして客寄せにもならないし」

ふーちゃんに興味を示してくれる来店者もいるが入店せずに去っていくのが大半。

「きれいな色の羽を持ったインコや、オウムならもっと客を呼んでくれるかもしれないのに。真っ黒な九官鳥じゃねえ」

人語を理解しないのをいいことに、咲良は失礼なことを思う。

「オマエモナ！」

「……本当に人語、わからないの？」

ふーちゃんはそっぽを向く。咲良は厭味ったらしくため息をつくが、九官鳥に伝わるわけもなく、ただ虚しさが広がる。

結局、本日の来店は小学生の女の子ひとり。売り上げはゼロ。

あまりに虚しい。

壁時計が午後五時を指し、咲良は帰り支度を始める。仕度といっても、ふーちゃんを店に入れて、事務所とレジと売店の三つの鍵をかけるだけ。

宇喜多に提出する日報さえない。

それを聞いたときは、なんて楽ちんなんだと歓迎したが、今では暇つぶしに日報ぐらい書いておきたいとさえ思う。

長い長い、退屈な一日がようやく終わったと安堵した咲良の耳に、驚きと戸惑いの声が聞こえた。

「あ、まだいらしたんですね」

驚いて振り返ると、宇喜多が両腕一杯に黄色いバラを胸に抱えて立っていた。服装はいつものツナギに軍手、首にはタオル。

そして、あたふたとバラを背中に隠す。

「なに、しているんですか？」

宇喜多の不審な動きに、咲良は眉間にシワを寄せる。

「あ、こ、これは、その、花……なので。花澤さんの視界に入ると不快になるかと……。花、嫌いなんですよね」

もじもじしながら壁に背を向け、蟹歩きで店の奥へと向かう。

「え、あの……もしかして、吊るされたバラに布をかけたのも、私の視界から隠すためですか？」

どうでもいい上司の気遣いに脱力する。

「あ、見ちゃいました？」

宇喜多は観念した表情で、背後に隠したバラを棚の空いたスペースにそっと置いた。

「ゴキブリやネズミなど、嫌いなものを見ただけで失神してしまう人もいると聞いたので」

「そこまで繊細ではないので。もちろんゴキブリは嫌いだし、できれば見たくはないですけれど。別に花を見たぐらいで気分が悪くなったりしません。第一、そんなことでは街も歩けないじゃないですか」

「それもそうですね。すみません」

「謝っていただかなくても。あの、私、簡単に辞めたりしませんから！」

あ、また生意気な口調になってしまったと、慌てて咲良は誤魔化すように付け加える。

「それで、そのバラの花束はどうするんですか？」

「これはドライフラワーにしようと思っているんです。このバラは見栄えをよくするために摘花（てきか）したものです。でも、きれいでしょう。捨ててしまうのはもったいないので、ドライフラワーにします」

宇喜多は小分けにした束を逆さにして、壁の突起に吊しながら説明する。

「ドライフラワーを作る方法はいくつかありますが、これは一番簡単でオーソドックスなハンギング法です。風通しがよく、直射日光が当たらない場所に吊して乾燥させる方法です。簡単だけど、色あせしてしまうという欠点があります。鮮やかな黄色も少し茶色っぽくなってしまうでしょう。けれど、それもセピアな感じというか、ノスタルジーな感じで美しく、いい味になるんです」

煤（すす）けた白い壁が、黄色いバラのお陰で華やかになる。

「鮮やかな黄色をそのまま生かしたいのであれば、乾燥剤を使うシリカゲル法というのがあります。ドライフラワー用シリカゲルに花を埋める方法です。これは瑞々（みずみず）しい色をそのまま保存できます」

さっきまでのおどおどとした様子とは打って変わって、楽しそうに咲良に話しかける。

「他にも少しずつ花の水を蒸発させていくドライインウォーター法や、グリセリン液を使ったグリセリン法などがあります。植物の特徴や、どんな仕上がりにしたいかを考えて方法を選びます」

「ドライフラワーを作ってどうするんですか？」

「ここで売る商品にしようかと。需要があるかはわかりませんが、もう少し華やかな商品があってもいいかと」

自覚はあったんだと、咲良は冷めた目で吊るされた花束を整える上司の背中を見つめる。

宇喜多が咲良の視線を感じたのか、突然振り返って満面の笑みを浮かべる。

「このバラが気に入りました？」

「え？」

「鮮やかな黄色は、太陽をイメージしているんです。これは――」

放っておくと、万里の長城の如く長々とどこまでも続くであろう解説を、咲良は振り返ってぶった切る。

「黄色いバラの花言葉って嫌い、でしたよね」

セリフをぶった切られた本人は、鳩が豆鉄砲を食ったような顔をした後、眉尻を下げて悲し気に呟く。

「そういう意味もあるけど……いい意味もたくさん……」

いけない、また上司を虐めて……じゃない、きつく当たってしまった、と咲良はちょっとだけ反省する。けれど、眉間のシワは、たぶん消えていない。

「今日、一日どうでした？」

　宇喜多が遠慮がちに聞いてきた。

「そういえば小学生の女の子が、花束はないかとやってきたので、ドライフラワーとか、なにか華やかな商品を販売するのはいいと思います。花束を売る予定はないんですよね？」

　宇喜多は困ったように頭をかく。

「うーん。ここは売るために花を育てているわけではないですから。このバラも見てくれをよくするため、あるいは日光を効率よく浴びれるように摘花したもので。花束のように、美しい花を切り取って束ねるわけにはいきませんから。それにドライフラワーは手入れ次第で一年から二年は保ちますが、生花は一週間程度しか保ちませんし、商品としてここに置くのはいろいろな意味で難しいかと」

「そうですよね」

　生花を店に置くとなったら、店番をしている咲良が手入れをするはめになるかもしれない。それは勘弁だ。

　だが、このまま退屈な毎日を送り続けるのも躊躇（ためら）われる。植物は嫌いだが、ただ座っているだけの仕事では、キャリアもなにも得るものがない。

「あの、店番だけだと時間があまるので、他になにかお手伝いできることはありませんか？」

植物の世話以外で、と小声で付け加える。

「うーん」

宇喜多は腕を組み考え込むが、すぐに両手を打った。

「お任せしたいことがあります」

「な、なんでしょうか？」

「僕の代わりに会議に出席してください」

「え、いきなり会議ですかっ」

宇喜多が眩しいほどの笑顔を咲良に向けている。

キャリアを積みたいとか思ったけれど、まさか上司代理でいきなり会議出席なんて。昨日赴任してきたばかりなのに。しかもつい一ヶ月前までは、ただの高校生だったのに。

口を閉じることを忘れている咲良に、宇喜多が力強く胸の前で拳を握る。

「大丈夫ですよ。週に一回開かれる、定例連絡会議であまり意味がないですから。わりと時間の無駄です」

そんなこと言って大丈夫、という疑問は横に置いておいて尋ねる。

「でも、意見とか聞かれるんですよね。私、ちゃんと——」

「そんなにかしこまらなくても。特になしと言っておけばいいんです。もし、なにか言われたら、持ち帰って検討します。あるいは、上司と相談します、って言っておけばいいんです」

あ、この人、植物の世話以外は本当に興味がないんだと、咲良は改めて知る。

週に一回、月曜日の午前十時に、四季島公園で働く職員の連絡会議が体育館の会議室で行われる。

各部門の代表者が出席し、報告(ホウ)・連絡(レン)・相談(ソウ)を行い、交流する場である。

コの字に並べられた会議机、中心に座るのは四季島公園長、白髪交じりの男。その隣には、やや若く見える副園長。

出席者の机の上には、担当部署名が置かれている。全部で二十ほどだ。

咲良の机には『植物園担当者』とある。

初回ぐらいは宇喜多が同席してくれるかとわずかに期待を抱いていたが、彼は会議の場所と時間を教えると、弾む足取りで植物園の中に消えて行ってしまった。

図らずも、お一人様で会議デビュー。

咲良は借りてきた猫を通り越して、招き猫の置物のようにカチカチになって座っている。会議室の人々が興味深そうに、ちらちらと咲良のほうに視線を寄越し、ますます心身が縮こまる。

咲良以外の参加者は皆、チームリーダーにふさわしい年齢、少なくとも三十代以上だ。つい先日新人挨拶回りしていた者が、いきなり会議室に出てくれば、視線が集まるのも無理もないこと。

緊張からか、会議室に出る前の記憶がなんだか曖昧になっていく気がした。

ふーちゃんを店頭から事務所に移して、鍵をかけたか不安になってくる。大丈夫、忘れていない、と自分自身に言い聞かせていると、会議室のドアが開いた。

「あ、私が最後ですか？　すみません」

からりと朗らかな声がして、すらりとした長身のショートカットの女、緑川が現れた。今日もあの日と同じ、公園のロゴマークが入ったTシャツにジャージのズボン。これが彼女の制服なのだ。彼女は咲良の隣『スポーツ振興担当』の席に勢いよく座った。

緑川が咲良の存在に気づいて、目を大きくした後、小さく吹きだした。その意味はわからないが、咲良は見知った人が隣にいることで、かなり気持ちが落ち着いた。

園長が口を開く。

「時間ぴったりですよ、緑川さん。では、定例会議を始めましょうか」

雑談が止み、最初から背筋を伸ばして彫刻のように座っていた咲良以外の職員が姿勢を正す。

「えー、それではいつも通り順番に定期報告をお願いします」

「広報部より。広報誌の原稿をメールにて本日送りますので、チェックをお願いします。締め切りは金曜日です」

　副園長の合図で、左側から順に各部の代表が一週間の報告をしていく。

「体育館運営より。先週は特に問題なし。今週木曜日には終日北山（きたやま）高校の貸切が入っています。一般使用不可の情報の周知徹底をお願いします」

「運動場運営より。先週、今週とも通常通りです」

　報告は二言三言で進んでいく。咲良の順番はちょうど真ん中ぐらいだったが、すぐに自分の番が来て慌ててふためき席を立つ。まだ、心の準備が整っていない。

「しょ、植物園担当です」

　声が上擦った。みんなが咲良に注目している。ますます焦りが出てくる。

「え、えっと」

　宇喜多から渡されたメモ用紙が左手で震えていた。文字は丁寧に書かれているが、小さくて読みにくい。

「しょ、植物園は特に問題ありませんでした」

　ここで一回呼吸を整え、宇喜多を恨む。

「これからは人員が増えたので、売店の充実を図っていきたいと思います。また、イベントなども企画していきたいと思うので、その際はぜひ協力をよろしくお願いします。まずは売店の商品を充実させようと考えているので、予算計画の見直しを検討しています。次回の予算会議までには、修正した計画書を提出いたします。よろしくお願いします」

なんでこんなに長いんだ。しかも、こんなに長く発言しているのは、今のところ咲良だけだ。メモを受け取ったときには、たったこれだけでいいのかと思ったが逆だった。長すぎ、気合入りすぎ、空気読めなすぎ。恥ずかしい。呪ってやる。

「具体的になにか予定しているイベントはあるのかい？」

予想通り、会議室の面々が呆れ顔だ。

「い、今のところはまだ……」

議長の質問に冷や汗を流しながら答える。

「予算の使い方は変更してもいいけれど、増減はこの時期に受け付けるのは難しいよ。それについてはどう考えているんです？」

「あ、あの、持ち帰って上司に相談します」

沈黙が会議室を支配する。どうすればいいのかと戸惑う咲良。微妙な空気を破ったのは、隣に座っていた緑川の笑い声だった。

「宇喜多くん、張り切ってるねぇ」

その一言で、会議室に苦笑と失笑が漏れ出す。

「さっそく会議を押しつけて、自分は土いじりか」

「本当にイベントなんてする気があるのかね」

「そのために人員を確保したいと訴えていたから」

「彼なら植物で世界平和とか本気で考えていそうだし」

「でもこれで、売店不在のクレームを受けなくてよくなる」

ちらほらと、宇喜多に対する愚痴とも評価ともいえない声が聞こえてくる。

気恥ずかしくてすぐにでも事務所に帰りたかった咲良に、隣の緑川が小声で話しかける。

「いきなり一人で会議に出席なんて、ひどい上司よね。ちゃんと育てるのよって、この前説教したばかりなのに。わかってないなぁ」

本当に、と咲良が心で返事したのがわかったかのように、緑川が吹き出した。

会議に費やした時間は約三十分。ほとんど顔合わせ的な会議。宇喜多が言っていた意味も、ちょっとはわかる。

退屈なレジのイスに戻りたくなくて、咲良はちょっぴり遠回りして売店に帰ることにする。

植物園の半周ルートをゆっくりと歩いていく。興味はないが、一応職場だからという義務感で、植えてある植物の根元にあるプレートに目を落としていく。

ほとんど咲良の知らない植物名ばかり。

どういった規則で植えられているのかもよくわからない。宇喜多に尋ねれば、嬉々(きき)として一日かけて説明してくれそうなのでやめておく。

今一番植物園で華やかな、バラのコーナーに差し掛かったとき、宇喜多の後ろ姿を発見した。ちょうどいい。会議が終わったことを報告して、それから売店に戻って……、と彼に駆け寄ろうとした足が止まった。

宇喜多の様子が変だ。

剪定鋏(せんていばさみ)を右手の持ったまま、赤いバラの花の前で自身が木のように動かない。

悩みなんて何一つなく、毎日お花に囲まれて幸せ一杯です、といういつもの宇喜多ではなかった。一瞬しか見えなかったが、宇喜多の険しい表情に、咲良は一瞬戸惑う。

声をかけようかどうしようか迷っているうちに、宇喜多が視線を感じたのか、振り返って咲良と目が合う。

宇喜多が慌てて笑顔を作る。そのぎこちなさが気になった。

「あの、なにかあったんですか?」

「え？　どうして？」

「なんか宇喜多さん、元気ないというか、いつもと違うというか……」

「ああ、すみません。久しぶりに花泥棒が出たので、ちょっと気分を害していました」

弱った顔をして宇喜多がバラの木を指さす。

「花泥棒？」

咲良が近寄って宇喜多が指すバラの木を見ると、明らかに無理矢理枝を折った痕が見えた。枝の端が、不格好にギザギザだ。

「枝を折られたり、花を引っこ抜かれたり、時々あるんですよ」

宇喜多は泣きそうな顔で、不格好な枝に手を添える。

「こんなふうに無理矢理花を盗(と)られると、ここから木が傷んでしまうことがあるんです」

宇喜多は自分が傷つけられたように項垂れる。

「このバラが美しくて、つい持って帰りたくなる気持ちはわかりますが……」

「折られたのは今日ですか？」

宇喜多は首を傾げながら言う。

「さあ、どうでしょう。僕が最後にこのバラを見たのは昨日のお昼頃でした。それ以降の時間ですね」

咲良の頭に、ランドセルを背負った女の子が浮かんだ。

花束を欲しがっていた女の子が、鮮やかな赤いバラの花を見て、つい枝を折って持ち帰えってしまったとか……。ありえる。

宇喜多に言うべきか。でも、言ったところで花が戻るわけでもないし、そもそも女の子が犯人とは決まっていない。あくまで怪しいというだけ。

「時々あることなのです。植物園は体育館や運動場と違って、夜中に入れないように鍵をかけたり、フェンスや門があるわけじゃないので。だから、本当に花が欲しくて盗んだのか、いたずらで適当に枝を折っていったのかわかりません。できれば、せめて前者であって欲しいと思っています。盗まれた花がちゃんと飾られて、誰かの喜びになっていれば」

宇喜多は大きくため息をつくと、気持ちを切り替えたようにいつもの笑顔に戻った。だが、まだどこかぎこちない。

「ところで、会議は無事終わりました？」

会議のことをすっかり忘れていたと、咲良は慌てて報告する。

「会議は無事、終わりました。イベントの具体的な企画を聞かれましたが、未定と答えておきました」

「ありがとうございます。お疲れ様でした」

「あの、イベントって具体的になにか考えが？」

宇喜多の顔が輝く。さっきまでの険しい雰囲気をどこへ行ってしまったのか。

「まだ具体的な企画はありませんが、みなさんにもっと植物を好きになってもらいたいと思っているのです。今までは僕一人だったので、実現が難しかったのですが、花澤さんが来てくれた今なら、なにかできるんじゃないかと」

植物を好きに……。咲良の顔が強張った。宇喜多がそれに気づき慌てて付け加える。

「いえ、あの、あくまで植物に興味のある人へのイベントで。例えば、花を育ててみたいけれどどうしていいかわからない人へのレクチャーとか……、その……、子どもたちが植物に興味を持つような……。そんなイベントを考えて、開催……できれば……なんて……」

宇喜多の声がどんどん萎んでいく。

「宇喜多さん」

「はいっ、すみません。パワハラで訴えないでください！」

宇喜多が雷に怯えるようにしゃがみ込み頭を抱える。

「嫌いなものを無理矢理好きになれってパワハラ……ですかね？　ですよね？」

恐る恐る尋ねる宇喜多に、咲良は子どもに言い聞かせるようにゆっくりと言う。

「宇喜多さん。私、植物は嫌いですけれど、仕事はきちんとするつもりですし、簡単に辞めるつもりもありません」

「本当ですか?」

宇喜多が警戒する小動物のような視線で咲良を見る。

「本当です。県職員の試験に受かるために、どれだけ努力したと思っているんですか。私の高校生活の三年間は公務員試験に支配されていたといっても過言ではありません」

植物園の主である宇喜多と、その部下である自分が、なぜバラの木に隠れてコソコソと会話しなくてはならないのか。

「女はみんな花好きで、料理が好きで、子どもが好き、みたいな先入観が嫌なだけであって。仕事なら、イベントの企画も考えます。多くの人がどうすれば植物に興味を持ってもらえるか、好きになってもらえるかを」

「考えてくれるのですか?」

宇喜多が純粋に驚きと嬉しさを込めた目で咲良を見る。

「いいアイデアが浮かぶかわかりませんが、ちゃんと考えます」

どうせ暇だし、とは言わない。

「それは、ありがとうございます。心強いです」

よろよろと宇喜多が立ち上がる。

「僕には植物嫌いの人の気持ちがわからないので、よろしければ、なぜ花澤さんが植物が嫌いなのか教えていただけたら嬉しいのですが」

　咲良はバラの木の根元を見つめながら答える。

「さっき言ったように、女は花好き子ども好きみたいな考えを押しつけられるのが嫌なのと……」

　そうじゃない。咲良は心で反駁する。

　そうじゃないけれど、自分の植物嫌いの理由を他人に話すには抵抗がある。

「深い理由はありません。世話するのが面倒とか、虫が苦手とか、それだけです」

　咲良は嘘をついた。

「私、売店に戻ります」

　宇喜多に一礼して、逃げるように立ち去った。


　レジにずっと張り付いていても退屈なので、咲良は売店の横にある、藤棚の下の休憩所で腰をかけて植物園をボーッと眺める。店頭に吊したふーちゃんとは約三メートルの距離で、羽ばたきや呟きは聞こえてくる。

「イラッシャイマセ、イラッシャイマセ」

　誰もいない空間に向かって、客を呼び込んでいるふーちゃんを冷ややかに見る。

「汚い言葉をしゃべらないだけマシか」

「立テバ芍薬(シャクヤク)、座レバ牡丹(ボタン)、歩ク姿ハ百合(ユリ)ノ花。オマエハ?」

「はあ?」

九官鳥に言葉の意味なんてわかっていない。そう思っても、ケンカを売られたような気分になる。

咲良はベンチから立ち上がって、鳥籠に顔を近づける。ふーちゃんの黒い目が、咲良を睨み返す。

「焼き鳥にするわよ」

職場のマスコットに向かって、つい暴言を吐いてしまった。植物に例えられたのが、ついカンに障ったのだ。

しかし、すぐにたかが鳥相手になにをムキになっているのかと自己嫌悪に陥る。

「パワハラ、パワハラ」

そんな咲良にふーちゃんのトドメがさざる。

咲良はふーちゃんに背を向けて、藤棚の休憩席に再び腰を降ろす。その視界の端に、赤いランドセルが飛び込んできた。視線を向けると、昨日の女の子だった。

女の子は植物園に入って、売店には目をくれずに、植物園の奥へと向かっていた。

女の子を尾行しようと一歩進んで振り返る。ふーちゃんを事務所に入れるかどうか数秒迷っているうちに、彼女の姿が緑に消えた。

「あんた、ちょっとだけ留守番してね。イタズラされそうになったら叫ぶのよ」

「イッテラッシャイ」

咲良は女の子が消えた先へと走り出す。幸いすぐに女の子の姿を、真っ白なアマリリスの花壇の前で発見する。

女の子はしゃがんで、じっとアマリリスの花をのぞき込むようにして見つめていた。

咲良は少し離れた紫陽花の木の陰に隠れて見張る。

しばし花を見つめていた女の子の右手が上がり、アマリリスの茎を握りしめた。

咲良は勢いよく立ち上がる。触れた紫陽花の葉がガサガサと音を立て、女の子が咲良に気づく。

咲良はなるべく女の子を怯えさせないように、笑顔を作って話しかける。

「あ、あのね、その花を取ろうとしているなら、やめてくれるかな」

女の子は驚いて、体を強張らせる。咲良を見つめる幼い目に、涙がじんわりと滲んできた。

「ただ、触りたかっただけだったかな？　ごめんね。でも、お花は見るだけにしてね」

「……はい」

女の子は膝を抱えて座り込み、じっと地面を見つめている。涙が今にも零れそうだ。

気まずい雰囲気の中、このまま立ち去る訳にもいかず、咲良はわざとらしいほど明るい声で話しかける。

「昨日も来てくれたよね。お花、好きなんだ。どんな花が好きなの？　こういう大きな花？　それとも白い花が好きなのかな？」

長い沈黙。

咲良はふーちゃんのことが気になり始める。そろそろ売店に戻った方がいいか。もう女の子は花を取ろうとはしないだろうと思うし。咲良が迷っていると、ようやく女の子が口を開いた。

「病院にいるお母さんに、お花を持っていってあげたいけど、もうお小遣いがないし。公園のお花なら、摘んでも大丈夫かなって……」

立ち上がろうとしていた咲良の下半身の筋肉が、慌てて脱力する。慎重に言葉を選んで応える。

「ここは植物園だから、花や草を勝手に持っていかれると困るの。植物園って、植物を育てて調べたりもしているんだよ。それに訪ねてくれた人を喜ばせるために、木や花の形を整えたりしているの」

ネットで調べて得た植物園の役割の知識を披露する。一応植物園勤務員として、最低限の知識はなければと調べたのだ。

「普通の公園ならいい？」

「普通の公園の……雑草ならいい……のかなぁ?」

咲良は首を捻る。自分の子どもの頃は、公園や空き地の花を摘んだり、種を取ったりしていたが、最近はいろいろと五月蠅いし。

「道ばたに咲いているタンポポとかなら、大丈夫かも」

咲良は落ち込んだままの女の子に尋ねる。

「本物の花じゃなきゃだめなの? 折り紙で折った花とかは? 運動会とか文化祭で、薄紙を何枚も重ねて牡丹みたいな花を作ったことあるんだけど。そういう花じゃダメかな? 枯れないし、お母さんへのメッセージを書くこともできるし」

「でも……お花の香りが……」

「そっか」

二人の周りには、百合の爽やかな甘い香りが漂っている。

「お母さん、お花好きなのね……」

ふと自分の母親との植物との苦い記憶が頭をよぎる。女の子へのシンパシーと悲しい想いが交錯する。

「お母さんの入院はまだ続くの?」

女の子は黙ってうなずく。

「病院はほかの患者さんもいるの?」

女の子はもう一度うなずく。

「この花、香りが強くて素敵だよね。でもね、病院ではあまり強い香りはダメなの。だから、もしお花を持っていくなら、香りの弱い花でないといけないんだよ」

「そうなのっ」

女の子が跳ねるように顔を上げる。大きく開いた目には涙が零れる寸前だ。

「病気になると臭いに敏感になって、普段は好きな香りも嫌になったりすることがあるらしいよ。あと、お医者さんや看護師さんが患者さんの体臭で体調に気づくこともあるんだって。だから香水とか香りの強い花とかを持っていくのはよくないって」

女の子の目から一粒涙が零れて、咲良は慌てて付け加える。

「あ、絶対っていうわけじゃないから。病状の軽い人たちの病室ならそのぐらい構わないと思うし。で、でもね、折り紙の花も試してみないかな？　もし、お母さんが喜んでくれなかったら、次から本物のお花にすればいいし。ね？」

女の子はしばらく涙を堪えながら考え込んでいる。

「折り紙の花、作り方知らない……」

「じゃあ、一緒に作ってみようか」

女の子が初めて笑顔を見せた。

「明日、学校帰りに売店に来て」

「ありがとうございます。お姉さん」

ありがとうございます。女の子の一言に、咲良は思わず衝撃を受ける。なぜ自分の鼓動がこんなに激しくなるのか理解できない。

「わ、私は花澤咲良。まあ、お姉さんでいいよ。じゃあ、また明日ね」

女の子が立ち上がった。ランドセルの中身が揺れる音が響く。

「あ、あたしは高橋陽菜です」

「陽菜ちゃんね。明日、待ってる」

陽菜はペコリと頭を下げる。ランドセルがもう少しで背中を滑って落ちるところだった。

「気を付けて帰ってね」

去っていく陽菜に手を振りながら、咲良の心がどんどん重くなっていく。陽菜の姿が見えなくなると、振っていた手が鉛のようにドスンと落ちて、肩に衝撃が走った。

なんなんだろう、この胸のモヤモヤは？

心だけじゃなくて、体までなんだか重くなって、地面に沈み込みそうな足取りで売店へと戻っていく。

咲良にとって仕事とは生きていくための手段。

仕事にやりがいなんて求めていない。求めているのは安定。

植物園に配属されたのはとても不本意だし、咲良にとって植物は敵だ。敵のようなものだ。植物好きの人間も同じだ。

今は純粋に陽菜の力になってあげたいと思う。植物園職員としてではなく、人として。母を思う幼い陽菜の涙を見てしまえば、そう思わざるをえない。

しかし、心の片隅でそれに反抗する自分がいるのだ。

必要以上に植物に関わるのが。なにより、花好きの母親が咲良のトラウマを抉（えぐ）る。

「いやいやいや」

咲良は頭を大きく振った。

「どうせ仕事は暇なんだもの。花好きの小学生に親切にしてあげるのは、サービスの一環よね。って、あ！」

咲良の体から重さがはじけ飛んだ。

「これ、イベントにできるんじゃないかな。折り紙で花を折ることから植物に興味を持つこともあるんじゃない？」

陽菜のはにかむ様な笑顔を思い出す。想像していたのとは違うが、これも県民に喜ばれる立派な仕事をしたことになる、はずだ。

仕方ない植物園勤務にも、前向きな気持ちが湧いてきた。

売店入り口のふーちゃんは、咲良の姿を見ると「イラッシャマセ」と甲高い声を上げた。

　咲良は鳥籠に顔を近づける。

「アンタ、言葉は覚えられても顔は覚えられないのね。私は客じゃなくて、アンタの……」

　仲間？　雇い主？　後輩？　後輩だけは絶対嫌だ。

　迷っていると、ふーちゃんが漆黒の瞳で咲良を睨みながら言う。

「覚エラレル、顔ニナレ」

「はあっ⁉」

　憤慨しながら咲良はドアを乱暴に開く。

　ガラスドア越しにわかっていたが、一人も客がいない売店はガランとしていて寂しい。

「いや、寂しすぎる」

　最初は気づかなかった。なにがそんなに寂しいのか。店を出たときよりもガランとした印象。その理由に気づいて、咲良は悲鳴を上げた。

「バラがないっ！」

　以前は真っ白だったであろう黄ばんだ壁に、文字通り花を添えていたドライフラワー未満のバラがきれいになくなっていた。

　宇喜多が採ってきて、ドライフラワーにするために店内に吊るしていた黄色いバラが、見事になくなっていた。

「盗まれた……」

自分が店を空けたせいか。咲良は青ざめる。

どうしよう、どうしよう、どうしよう。

ほんの十数分前、陽菜の相手をしていただけなのに。咲良は恨めしい思いでダミーの監視カメラを睨む。

「抑止力にならなかったじゃない」

本物のカメラなら、犯人がわかるのに。

「っていうか、ドライフラワーなんて盗むメリットあるの？」

他店に売って換金できるようなものでもないし、食べたり飲んだりすることもできないものを盗むメリットなんて。

まさか陽菜が？　いや、陽菜が盗んだのなら、アマリリスを採ろうとなんてしないだろう。

咲良は入り口のドアを開けて、鳥籠をガシッと両手で掴む。

「私以外の誰かが店に来なかった？」

藁（わら）にも縋（すが）る思いで問いかければ、ふーちゃんは首を捻り捻り答える。

「蓼（タデ）食ウ虫モ好キ好キ」

言葉は話せるが、やはり意思疎通はできない。所詮、九官鳥。

咲良は大きくため息をついた。

「こんな大失敗……。どうしよう」

弁償することになる？　バラのドライフラワーぐらいなら、買って返せないこともない。でも、査定に響くのだけは勘弁願いたいが……。

「どうしよう、どうしよう……」

一刻も早く宇喜多に報告すべきだ。でも……、と咲良はためらう。

なんとか誤魔化せないだろうか。どこかで黄色いバラのドライフラワーを手に入れれば。

そのためには店を空けて、街に買いに出なければならない。勤務中に職場を離れなければならない。ネットで調べて、店さえ探せれば、一時間もあれば十分だ。勤務時間中に宇喜多が店に戻ることはまずない。あってもトイレに行っていたとか言えば、誤魔化せるだろう。

ポケットからスマートフォンを取り出して、検索画面を広げる。文字を打とうとする指先が震えている。

これは不正だ。

正直に話せば、宇喜多なら寛大な処置をしてくれそうだ。いや、どうだろう。

温和な人柄に思えるけれど、植物を異常なまでに愛している。植物を盗まれたということは、彼にとって子どもを攫われたと同じことではないだろうか。

咲良はスマートフォンを見つめながら、店内を歩き回る。買いに行くなら、今すぐだ。職場をちょっと抜け出すのと、鍵を掛け忘れて備品を盗まれるのと、どっちの罪が重いのか。

でも、宇喜多だって、ちょっとの席外しにいちいち鍵など掛けなくていいと言っていたし。そもそも、この少人数でダミーの監視カメラしかないのもどうかと思うし。

それでも鍵さえちゃんと掛けていたら、こんな事態にはならなかった。

自分を責める声と擁護する声が、頭の中でグルングルンと回りだす。スマートフォンを持つ手は、ずっと震えている。咲良の動揺をそのままに。

「……不正はよくない。覚悟を決めよう」

咲良はスマートフォンをポケットに落とした。

「あとは審判を待つのみ」

十七時まで、あと一時間半もある。宇喜多は終業時間まで帰ってこないだろうか。

待っている時間は果てしなく長い。

咲良は狭い店内を意味もなく歩き回る。こちらから探しに行こうか。しかし、すれ違いになったら困る。咲良がバラを盗んだと思われたら……それはさすがにないか。花嫌いの咲良が犯人なんて。

「昨日、宇喜多さんが言っていた第三者の仕業かな。店内のものを盗っていくのは完全に犯罪じゃない。あ、でも公園の花を折るのも器物損壊の罪になるのかな？」

しゃべって気を紛らわせないと、緊張で心臓が裂けてしまいそうだ。ガラス戸に店内をぐるぐると歩く自分の姿を見て、檻の中の動物を連想させる。

「植物園の中の、動物園ってか。なんて言っている場合じゃない。盗まれたものを取り戻す方法を考えよう。ここの監視カメラはダミーだけど、体育館や植物園には本物のカメラがある。そうだ、それを確認すればいいんじゃない！」

失敗は成功に変えればいいんだ。咲良に希望の光が見えてきた。

そうと決まればさっそく管理室に行くべきだ。

「ちゃんと鍵をかけないと」

ポケットから色気のないキーホルダーを取り出す。事務所の鍵と売店入り口の鍵が、植物園と書かれたネームプレートにつながっている。

慌てていたせいで床に落としてしまう。拾おうとしゃがむと、乱暴にドアが開いてうさぎ跳びをするかのようになる。

顔を上げると、汗だくで荒い呼吸をしている宇喜多が咲良を見下ろしていた。怒っているような、焦っているような表情に咲良は言うべき言葉を忘れてしまう。

「咲良さん、もしかしてケイトウ持っていきました？」

「ケイトウ？」

宇喜多が今度は倒れるかと思うほど落胆し、二歩よろけて壁に手をつく。

「今日の午後、僕が摘花して花壇のすみに置いておいたんです。こういう花です」

宇喜多はツナギのポケットから、小さな穂が連なった五センチぐらいの赤い花を取り出した。

「これがケイトウです。鶏のトサカ、鶏頭が名前の由来です。ふさふさした穂のような花が集まって炎のような形で美しいでしょう。他にも細長い形や丸い形のもあって、色も様々なんです。可愛らしいし、花も長い間咲いて花壇を彩ってくれるから」

手にしたケイトウを愛(いと)おしい様子で眺めながらいつまでも続きそうな宇喜多の言葉を遮る。

「ケイトウがどうかしたんですか？　もしかして、また盗まれたんですか？　警察に」

宇喜多はようやく当初の目的を思い出したようだ。

「盗まれたかどうかはわかりません。ゴミと間違えて、誰かが持って行ったか、野良猫や散歩中の犬に咥えられて持っていかれたかもしれません」

「そんな能天気なこと言っている場合じゃありません。気づきませんか」

咲良は右腕を上げて、なにもなくなった壁を指さす。

「すみません。私が油断していました。ちょっと植物園に出ていたすきに盗られました。時間は三時半から四時の間だと思います。なのでこれから、公園や体育館の監視カメラの録画を確認しに行きたいのですが。もしかしたら同一犯かもしれませんよ」

「でも……」

この期に及んで、宇喜多は消極的だ。できればなあなあで済まし、自分の職場で問題が起きたことをもみ消したいのだろうか。犯人が悪いとはいえ、こちらに油断があったのも事実。さっきまで誤魔化せないかと思っていた咲良が言うことではないが、いかにも公務員的だ。

「もう四時五十分、終業時間十分前だから」

「え……」

咲良が想像したのと違った方向で、公務員的だった。

「私、残業するのは構いませんけど」

「でも若い女の子だし、早いうちに帰ったほうが」

咲良の右腕がだらんと床に落ちる。咲良の眉間にシワが寄っているのを見てた宇喜多が泣きそうな顔になって慌てだす。

「す、すみません。今のセクハラですか？　訴えないで。辞めないでください」

「だから簡単に辞めませんってば！」

「すみません、すみません」

「スミマセン、スミマセン」

ふーちゃんが宇喜多を援護するようにリフレインし、咲良は入り口に顔を向けて睨みつける。

「蓼食ウ虫モ好キ好キ」

「なんですって！」

宇喜多が代わりに慌てて言い訳をする。

「そんなことはありませんよ」

「ブス好キモイルッテコト」

「ふーちゃん、もう黙ってて。あ、花澤さんはお疲れさまでした。戸締りとかは僕がやっておくので」


午前中はいつも通り退屈な店番だった。お昼時間になって、咲良は藤棚の下で弁当を広げる。

今日は気持ちのいい晴れなので咲良は売店ではなく、目の前にある藤棚の下のテーブルで植物園をぼんやりと眺めながら過ごした。いや、店番をしていた。その流れで、お昼は持ってきた弁当を広げる。

植物園という部署には、宇喜多と咲良しかいない。よって、弁当の咲良は一人ぼっちで昼食を摂ることになる。寂しくはない。むしろ気楽だ。だが、退屈ではある。

「花ヨリ団子」

「あ、あんたがいたか。でも、話し相手にはならないしね」

「独活ノ大木」

「大木どころか、ちっこい鳥じゃん」

「オマエダ」

「私のことかっ！」

箸から飯粒が落ちた。

「賑やかでいいですねえ」

弁当とふーちゃんに気を取られ、いつの間にか売店に戻ってきた宇喜多に気づかなかった。宇喜多は店には入らず藤棚の下にやってきて、咲良が使っていないほうのテーブルに手袋と園芸道具を置くと、水飲み場で手を洗い出す。

「花澤さんは手作り弁当ですか。いいですね」

「宇喜多さんはいつも食堂ですか？」

「だいたいは。出勤前にコンビニエンスストアやパン屋で買ってくることもあります」

手を拭きながら宇喜多がちらりと咲良の弁当をのぞき込む。

「植物は嫌いでも、野菜は嫌いじゃないんですか」

嫌味だろうかと、咲良が宇喜多の顔を見上げると、彼は慌てて付け加えた。

「あ、すみません。揚げ足を取るつもりはなかったんです。ただ、野菜が嫌いでないなら、まだ分かり合える部分があるのではないかと」

「分かり合えなくても、イベントの企画とかちゃんと考えています。それよりも、盗難の件はどうなったんですか？　なにか対策を考えないと」

「あ、それはそのうち。バラのことは、花澤さんは気にすることありませんからね」

宇喜多の目が泳ぎだす。

「食事の邪魔をしてすみませんでした」

宇喜多は手袋と園芸道具をひったくるように抱えると、逃げるように去って行ってしまった。

「なにしに来たんだろう？」

挙動不審な上司。咲良になにか言いたいことがあったのではないか？

「そういえば、私も言うのを忘れていた」

午後三時頃に陽菜がやってくる。ここで折り紙をすることをまだ報告していない。

「ま、いいか」

宇喜多がその時間に売店に来る可能性は低いし、見られたとしてもたぶん咎められないだろう。

気持ちのいい天気のせいか、植物園の来訪者はいつもより多かった。売店をのぞき込む客も多かった。しかし、今のところ売り上げはゼロ。変わらぬ毎日。

売店の外にある自動販売機は、売り上げ好調のようだ。これも一部は売店の売り上げに入るので、そこは素直に喜んでおくことにする。

午後になっても奇跡が起きることはなく、退屈な店番のまま過ぎていく。

「お姉ちゃん」

暇すぎて睡魔に攫われそうになったとき、陽菜の声が咲良を呼び止めてくれた。

「あ、陽菜ちゃん。待っていたよ」

あくびをかみ殺して笑顔を作る。

「ちょっと待っててね」

咲良は背後のドアを開けて事務所に入り、バッグから千代紙を取り出した。

「お待たせ。ここにはテーブルがないから、お外に行こう」

咲良は右手に千代紙、左手で陽菜の手を繋いで藤棚の休憩所に向かう。

テーブルを挟んで向かい合い、咲良は千代紙を数枚陽菜に渡す。

「陽菜ちゃんは折り紙で、なにを作れる？」

陽菜は手にして千代紙を見つめながら考え込んでいる。

「リングと奴さんと……鶴」

どっちも花ではない。

「じゃあ今日は、ヒマワリとアサガオの折り方教えてあげるね。これから夏になる季節にぴったりだと思う」

陽菜が大きくうなずく。

「ヒマワリから折ろうか。まずはこうして折り紙を半分に」

咲良が手本を見せると、陽菜が真似をする。ただの正方形だった紙が、徐々に花の形に近づいていく。

「折り紙ですか。懐かしい」

すぐ後ろから声をかけられて、咲良はベンチから飛び上がるかの勢いで驚く。

宇喜多が背後に立っていた。

なぜ、今日に限って宇喜多は売店に近寄ってくるのだと恨めしい。

「これは、その……」

遊んでいるわけではないと、どう説明しようか迷っている間に、宇喜多は陽菜の隣に腰を下ろした。

「折り紙が好きなの？」

突然話しかけられた陽菜は戸惑いつつも、ボソリと小さな声で本音を漏らす。

「そんなに好きじゃないけど」

好きじゃないんだと、咲良は落胆する。宇喜多は首を傾げる。

「でも、もうお花買うお金ないし。折り紙の花なら枯れないから」

宇喜多が腕を組んで考え込む。咲良はここぞとばかりに口を挟む。

「陽菜ちゃんのお母さんは入院中だそうです。お見舞いの生花の代わりに、折り紙の花なら枯れないし、手入れも必要がないからいいのではないかと」

宇喜多はまだ腕を組んだまま考え込んでいる。咲良はそもそも自分が陽菜の手伝いをすることになった理由を話していないことに気づき、慌てて追加する。

「あ、陽菜ちゃんは以前花束を買いに売店に来てくれたお客さんで、でも生花は売っていないから。お詫(わ)びのサービスの一環として、折り紙の花を教えてあげようと」

あくまで仕事の一部と強調する。が、宇喜多はやはり腕を組んで考え込んだまま、なにも言わない。

このまま折り紙を続けていいのかわからないが、途中で陽菜を放り出すわけにはいかない。叱(しか)るなら叱れと、咲良は腹をくくり、宇喜多を無視して陽菜に話しかける。

「次はここをこう折って」

宇喜多は咲良と陽菜の折り紙をじっと見つめている。なにを考えているのかわからない。居心地が悪いまま、咲良は折り紙を折る。

宇喜多がなにか言いたそうに、ちらちらと咲良を盗み見る。その視線に気づきつつも、折り紙指導に集中する。ふりをする。

「できた」

陽菜が弾んだ声で、できあがったヒマワリを目の前にかかげる。作業が一段落したのを見計らって、宇喜多が遠慮がちに口を開く。

「あの、花澤さんに伝えたいことが」

「え、今、ここでっ⁉」

うっかりタメ口が出てしまって、すぐに言い直す。

「ここで、ですか？」

陽菜が不安そうに咲良を見上げ、宇喜多が焦って付け加える。

「いえ、後で構いません」

「では、続けていいですか？　アサガオも教えてあげる約束なので」

「もちろんです」

陽菜が安堵したように頬を緩めた。咲良もそっと胸を撫でおろす。勤務中に折り紙を教えることは問題なしと上司のお墨付きがもらえた。が、違う不安が生まれる。伝えたいこととはなんだろう。やはりバラを盗まれたことを咎められるのだろうか？　さっさとどこかに行って欲しいのに、宇喜多は興味深そうに千代紙を折る陽菜の指先を見つめている。

　宇喜多は朝からなにか言いたそうにしていたし、挙動が不審だった。

陽菜に心の不安を悟られないよう、努めて明るく優しく折り方を教える。陽菜は宇喜多のことなど気にせず、熱心に咲良の真似をする。指先は器用なようで、さっき作ったヒマワリも咲良のものと遜色(そんしょく)ない。

　十分も経たずに、アサガオが完成する。陽菜はテーブルにヒマワリとアサガオを並べて、満足そうに眺める。

「折り紙なら場所もあまり取らないし、手入れもいらないからいいと思うよ」

　咲良は残りの千代紙を差し出しながら言う。

「全部あげるから、毎日折ってお母さんに届けるといいよ」

「お姉ちゃん、ありがとう」

　陽菜がすべて柄が違う千代紙を眺めながらはにかむ。

「お母さんは花が好きなの？」

　宇喜多にいきなり声をかけられて、陽菜が少し警戒しながらうなずく。

「そうですか……」

宇喜多は腕組みを解いて、顎に右手を当てる。

「病院に行ってもいいですか？」

陽菜が折り紙の花を持ってベンチから降りる。

「もちろんだよ。早くお母さんに見せてあげて」

咲良は笑顔で陽菜を送り出す。そして、宇喜多と二人きりになると、微妙な空気が藤棚の下に漂う。

沈黙に耐えられず、先に咲良が口を開く。

「で、伝えたいことってなんですか？」

宇喜多が顔を上げて咲良を見る。心臓がドクンと跳ねる。

「さっきの子、陽菜ちゃんでしたっけ？　折り紙はそんなに好きじゃないですよね」

「ええ。本当は花束が欲しいみたいで。でも、ここには生花を売っていないし。私ができる精一杯は折り紙の花を教えるぐらいで」

「陽菜ちゃんは折り紙が好きなわけじゃないんですよね」

確かに陽菜はそう言っていた。

「そのようですけれど。それが？」

陽菜のためだけに生花を売店で売ることはできまい。宇喜多自身が生花を販売する難しさを以前語ったのだ。

「花束の代わりに折り紙。確かに場所も取らないし、手入れも要りません。でも、本物の花とはかなり遠いですよね」

「それはそうですけれど。でも、陽菜ちゃんは喜んでいるし、お母さんだって我が子からのプレゼントなら、生花でも折り紙でも嬉しいんじゃないんですか」

宇喜多がビクッと肩を竦めるのを見て、咲良は自分がかなり尖った声を出していたことに気づく。

「怒らないでください。折り紙を否定しているわけじゃないんです」

「……怒っていないです。で、伝えたいことってなんでしょうか？」

意識せずに低い声が出た。まるで相手を呪うような。宇喜多の肩がますます縮まる。

怯えたような宇喜多が、恐る恐る口を開いた。

「その、花澤さんにお詫びしなければならないことがありまして」

身構える咲良を見て、宇喜多も身を固くする。お互いがお互いを探り、どんどん周りの空気が緊張感を帯びてくる。

「怒らないでくださいね」

「それは聞いてみないとわかりませんけれど」

宇喜多が大きくため息をつく。

「そうですよね」

「怒るかもしれませんけれど、こちらは新人で部下の身ですから、態度に出したりはしませんし」

宇喜多が悲壮な表情で遮る。

「それはクレームを入れずに、二度と来店しなくなるお客様みたいなものですか？　不満を溜めて、ある日突然職場に来なくなるという」

「だから、辞めませんからっ」

「……怒りました？」

「怒ってません」

パワハラもセクハラもないが、別の意味で疲れる上司だと、咲良は心の中で宇喜多以上の大きなため息をついた。

「で、伝えたいことって？」

宇喜多は視線を落とし、テーブルの上で組んだ両手の指がモジモジと動かす。やがて意を決したように顔を上げた。

「店内に吊るしていた黄色いバラは盗まれていません」

「え？」

咲良の口がポカンと開く。盗まれたのではないなら、それは喜ばしいことだ。宇喜多はなぜそんなに言いにくそうにしていたのだ。という疑問よりも次の疑問を、咲良は口に出す。

宇喜多がまたうつむいてしまう。少しイラっとしながら、もう一度尋ねる。

「では、バラはどこに？」

「バラはどこにあるんですか？」

「……実は知り合いのところに。だから安心してください。盗まれたと勘違いさせ、いらぬご心配をさせてしまい申し訳ありませんでした。伝達ミスです」

宇喜多が深々と頭を下げた。

「バラが無事ならいいです。知り合いというのは、宇喜多さんのお知合いですか？　自由に店内のものを持ち出していいことになっているのですか？　今後のために、そのお知合いを紹介していただけませんか。そうすれば盗難と誤解しなくて済むので」

「はい、もちろんです。そのうち紹介をと思っていました。この園の植物の世話を任せている委託業者の方です。研究や再利用のために使えるものは持って行って構わないと言ってあるので。お話ししておくのを、すっかり忘れていました」

植物を管理する委託業者、植物のプロが出入りしていることは初日に宇喜多から聞いていた。だが、咲良はまだ委託業者と会ったこともない、ということを思い出した。

二カ月の新人研修でさんざん耳にタコだった報告（ホウ）・連絡（レン）・相談（ソウ）、まさか自分の上司がそれを忘れて部下に謝罪しているなんて。きっと新人（さくら）が入ってくる嬉しさで忘れたか、植物に夢中になっているうちに知り合いの件そのものを忘れたかだろう。

いい人みたいだけれど頼りないと、最初に思った印象は見事に当たっていたわけだ。

「業者の方はどのぐらいの頻度で来るんですか？」

「不定期ですが、週に一、二回は植物園の様子をチェックしてくれているようです。必要な時に来てくれています。あ、言いたいのはそういうことではなくて。いえ、それも早く伝えるべきでしたが。その、僕はひとつアイデアが浮かんで」

今まで申し訳なさそうに眉尻を下げていた宇喜多の表情が明るくなる。

「花澤さんのおかげでもあるんです。それと、陽菜ちゃんの」

「私の？」

「そうです。花澤さんにはヒントをいただきました」

「わあ、すごい。きれい」

陽菜が目を輝かせて、小さな瓶を見つめてはしゃぐ。

「陽菜にも作れる？」

「きっと作れますよ」

宇喜多の言葉に、陽菜は顔いっぱいに喜びを表す。

藤棚の下で、咲良と宇喜多、それに陽菜が小さな円柱の瓶に入った花を見つめている。直径五センチ、高さ二十センチほどの大きさで、中には透明の液体の中に浮かぶ花や葉、実。

透明な液体の中で水中花のように瑞々しく揺蕩っている。

「これはなんですか？」

咲良の質問に、宇喜多が嬉しそうに解説する。

「ハーバリウムです。植物標本という意味ですが、最近はインテリアとして人気だそうですよ。ドライフラワーを液体に漬けています」

「中身はドライフラワーなんですか？」

咲良が驚く。花びらも葉も瑞々しく、透明感があって生花としか見えない。

「そうです。すべてドライ処理した植物です。中に入れる流動パラフィンというオイルや使うドライフラワーにもよりますが、一年から二年はこの状態が保ちます。当然手入れも必要ないし、虫が寄ってくることもありません」

手に取れば、液体に揺らめく花が歌いだす。ただの生花よりも、生命の息吹を感じるほどだ。

「手入れも必要なく、生花のように瑞々しく美しい。それがハーバリウムのよいところです。同じように手入れもなく、生花の美しさを保つプリザーブドフラワーというのもあります。でも、プリザーブドフラワーは作るのが大変で、素人が作ったものは市販のように数年も保たないようです。なら、作りやすく、費用もかからないハーバリウムのほうがいいと思いました」

咲良の手の中で、小さな赤い花が揺らめく。

陽菜が嬉しそうだ、折り紙を教えたときよりも。

陽菜の母親はどんな花でも、我が子からのお見舞い品なら嬉しいだろう。でも、陽菜自身は満足できなかったのだ。

「これは花束の代わりにふさわしい、と思うんです。心を込め折った折り紙も素敵だと思いますが」

咲良には枯れた花としか思えなかったドライフラワーが、瓶の中では生き生きと美しい。

盗まれたと思った黄色いバラも、いつかはこんなふうに美しく復活するのかと思うと悪い気はしない。

「ハーバリウムは液体にドライフラワーを入れるだけ。センスは問われますが、作り方は簡単。よろしければ花澤さんも一緒にいかがですか」

宇喜多が材料をテーブルの上に並べながら、弾むように説明し始める。

百円ショップで調達したという瓶が三つあるところを見ると、咲良が参加することは想定内のようだ。見本よりも少し背が低い円柱の瓶。流動パラフィン。ピンセット。そして仕切りのある箱に入った乾燥させた草花。

「あまり多くの種類を揃えられなくて申し訳ない」

宇喜多は謙遜するが、箱には三十ぐらいの植物が入っていた。小さな丸い実や様々な形の葉と花。

まるでお菓子を選ぶかのように、目を輝かせて真剣に箱をのぞき込む陽菜。

「まずは使いたい、好きな植物を手に取ってごらん。それから並べて入れる順番を決めてください」

宇喜多は猫じゃらしに似た赤色の穂と、小さな紅葉の葉、梅のような丸い花びらの花、数種類の緑色の葉を箱から取り出して、縦長に並べる。

陽菜も真似するように箱から植物を取り出して、テーブルの上に細長く並べる。

ピンクと赤と黄色い花が順番に並ぶ。宇喜多が陽菜の手元をのぞき込む。

「素敵ですね。明るい色で可愛らしいです。元気が出そうな組み合わせだと思います」

褒められて陽菜が照れ臭そうにはにかむ。

「順番が決まったら、瓶の下入る植物から詰めていって」

宇喜多と陽菜はピンセットを使って、丁寧に選んだ植物を瓶に詰めていく。それを横目で眺めながら、咲良はピンクと黄色の植物を選んだ。

緑色のものは避けた。

緑は嫌いだ。

緑は鬱蒼（うっそう）とした監獄（かんごく）、緑の闇を思い出させる。

「入れ終わったら、ゆっくりとオイルを注ぎます。花びらや葉を押し付けないようにゆっくりと」

宇喜多が流動パラフィンを慎重に瓶に注いでいく。

「わぁ」

陽菜の目と口が大きく開く。

液体に包まれた植物は、まるで生命を取り戻したように、色が鮮やかになり瑞々しさが増す。日差しを受けると、虹色の影をテーブルに映した。

「陽菜ちゃんのは、僕がやってあげよう」

陽菜が手にしている瓶に液体が注ぎ込まれる。瓶一杯にピンク、赤、黄色の花が咲き、明るい花柄模様が描かれる。

「これ一つでずいぶんと病室が明るくなると思いますよ。光が当たると、まるで華やかなランタンのようですね」

「おじさん、ありがとう」

陽菜が瓶を手に取り、様々な角度からのぞき込む。

「花澤さんのハーバリウムは、逆にシンプルで美しいですね」

宇喜多の言葉に、咲良は我に返る。

流されるまま宇喜多の言う通り、選んだ花を瓶に入れて液体を流した。細長い瓶の中で、一本の赤い花が咲いている。さすがにそれだけではやる気のなさが露呈しそうなので、小さな実をいくつか入れておいた。

赤、黒、茶の実は底で沈み、まるで土から花が咲いているように見えた。深紅の花が凛（りん）と一本。細い花びらが放射線状に伸び、小さな太陽のように煌（きら）めいていた。

森のような宇喜多の瓶も、花畑のような陽菜の瓶も、一輪挿しのような咲良の瓶も、それぞれに個性的で美しい。

「きれい……」

咲良自身知らずのうちに、つい素直な気持ちが漏れた。それに気づいたのは、宇喜多が満面に期待と喜びを浮かべて咲良に笑顔を向けていたからだ。

植物もいいものでしょう？　少しは興味がわきました？

なんて声が聞こえた気がして、咲良の眉間にシワが寄る。宇喜多が慌てて言う。

「あ、きれいなのは花ではなくハーバリウムですよねっ。すみません」

まるで咲良の心を読んだようできまり悪い。

「べつに謝っていただかなくても」

二人のやり取りなど知らずに、陽菜だけが瓶を手に満足そうな笑顔を浮かべていた。

宇喜多が上機嫌で自分が作った瓶に値札をつける。

「瓶が百円、ドライフラワーはタダみたいなものだし、あとは流動パラフィン代を考慮して、五百円ぐらいでしょうか。この店で一番高価な商品になるけれど売れますかね」

咲良はスマートフォンを操作しながら言う。

「それで利益が出るんですか？　ネット販売だと、その大きさなら三千円ぐらいで販売していますよ」

「利益は出なくても損失がなければ。これが売れて植物園や売店に足を運んでくれる人が増えたらそれが利益なので」

「そうですか。じゃあ、私の瓶も売ってください。家に持っていっても邪魔なので」

「では、遠慮なく商品にさせていただきます」

宇喜多は咲良の瓶にも同じ五百円の値札をつけた。

「陽菜ちゃん、喜んでいましたね」

「はい。ありがとうございます。宇喜多さんのおかげです」

千代紙の花は雅(みやび)ではあるが、やはり、生花とは似ても似つかない。

「いえ、お礼を言うのは僕のほうです。花澤さんのおかげで、自分では思いつかなかった植物へのアプローチでした。ありがとうございます」

宇喜多が頭を下げる。

「花澤さんが植物園に来てくれて、本当によかった。花澤さんには不本意だったかもしれませんが」

「いえ、そんなことは」

——ないわけではないが。

「僕は植物の植え方とか、育て方のレクチャーぐらいしか思いつきませんでした。でも、植物の楽しみ方は押し花やハーバリウム、プリザーブドフラワーなど色々ですよね。生花だけが人の目を楽しませるわけじゃないって気づきました。陽菜ちゃんの笑顔が教えてくれました。陽菜ちゃんを笑顔にしようとした花澤さんの思いにも助けられました」

「私はべつにそんなつもりでは」

「おじさんである僕には考えつかなかった発想です。本当にありがとうございます。花澤さんは四季島公園植物園に吹いた、新しい風ですね。新しい風は、植物を大きく生長させます」

子どもみたいな笑顔を見せる宇喜多に咲良は皮肉を込めて言う。

「宇喜多さんは、本当に植物がお好きなんですね」

宇喜多は皮肉など気づかずに微笑えむ。

「はい。植物は人を救うことができるのではないかと思うのです。実際、僕は植物に救われました。僕が今生きて、こうして植物園の職員でいるのも植物のおかげです。僕は植物に生かされています」

「そうなんですか」

理解を示す態度を取りながら、咲良は宇喜多に心の中で反抗する。

宇喜多さんは植物に生かされたんですか。よかったですね。

——でも、私の母は植物に殺されました。

第2章

植物園が咲良(さくら)の職場になって約一ヵ月。

藤の花は半分ほど散ってしまったが、それでも華やかな雰囲気はまだ失われていない。宇喜多(うきた)が咲良よりずっと早く出勤していることに、ようやく後ろめたさを覚えることもなくなった。

咲良が降りるバス停は、路線の都合で植物園入り口側ではなく体育館前側だ。バスを降りて、野球場やテニスコートを背に体育館前を横切り、道なりに植物園のほぼ中央に入ってから入り口近くの事務所へ向かう。バス停から事務所までは徒歩十分はかかる。

「あ、宇喜多さん。おはようございます」

たいていは事務所でふーちゃんを構いながら咲良の出勤を待っている宇喜多が、ラベンダーの花壇の前でぼんやりとしゃがんでいる。

「宇喜多さん、どうかしました？」

宇喜多が振り返って咲良を見上げる。その顔は捨てられた子犬のようにしょぼくれていた。

「な、なにがあったんですか？」

「うん、今朝間引いておいたラベンダーの束がなくなっているんです。花澤(はなざわ)さん、持って行きました？」

咲良は首を振りながら答える。

「今、バス停から来たばかりです」

「ですよね」

はぁ、と大きなため息をつく。

「また業者の方が持って行ったんじゃないですか？」

そういえばまだ業者の人と挨拶をしていないことを思い出す。宇喜多が忘れている可能性大だ。

「今日はいらっしゃる予定がありませんし、この前のバラの件もあって、持ちかえったときはメールで連絡をくれることになっているんです。社会人の報告(ホウ)・連絡(レン)・相談(ソウ)ですよ」

前回の失態を成長の糧にしているところは素晴らしい。

「じゃあ、今度こそ本当に盗まれたんですか？」

咲良が声をひそめる。

「要らないものと思われて、持っていかれたのかもしれませんし」

「でも、一応窃盗ですよね。なにか対策を考えたほうがいいんじゃないですか？」

宇喜多は顎に手を当てて考え込みながら、ちらちらと咲良を窺うように視線を投げてくる。

「なにか?」

「あの、怒らないですか?」

「それは、聞いてみないとわかりませんが」

宇喜多がうなだれて言う。

「実は業者が持って行ったのは売店のバラだけで、それ以外は」

「盗まれていたんですね！　朝早く、人目がないのをいいことに盗んだんでしょうか?」

咲良が声を荒げて、宇喜多が縮こまる。

「いえ、でも、ゴミと思われたかもしれないので」

報告(ホウ)・連絡(レン)・相談(ソウ)、抜けているじゃないか、とイラっとくる。

「これからは摘花したものを、植物園の所有物とわかるように工夫しようと思います。花澤さんも、なにかいいアイデアが思いついたら教えてください」

性善説バリバリの、のほほんとした上司が危機感を持ってくれたならいい。さきほどのイラつきは風に乗せて流すことにした。

「可愛いリボンでも結んでおいたら、少なくともゴミには間違われないのでは?」

それでもなくなったなら、盗まれたとはっきりする。宇喜多が飛び上がらんばかりに喜びを表す。

「とてもいいアイデアですね！　あ、でも」

宇喜多の顔が曇る。

「可愛いリボンって、どこで売っているんでしょうかね？　大きな園芸店なら置いてますかね」

「なんで園芸店にこだわるんですか？　普通に手芸店で売ってますよ。あとはアクセサリーショップとか」

宇喜多の顔が凍った。晴れからいきなり雹（ひょう）が降ってきたような変化。

「手芸店、アクセサリーショップ、未知の世界です……。僕みたいなおじさんが入っても大丈夫でしょうか？」

「……よければ、私が買ってきましょうか？」

「助かります！　もちろん経費から出しますので、領収書お願いします」

いきなりの晴天回復。こんな乱高下の天候だったら、人間も植物もたまったものではない。

「では、売店に戻ります」

軽く頭を下げて、咲良は散歩がてらのんびりと歩いていく。

「あれ？」

藤棚の柱に花が飾られているのを見つける。水飲み場に一番近い柱、藤の木と柱を固定するワイヤーにピンクとオレンジの炎のような形の花が、五輪挿し込まれていた。

鶏のトサカに似ているからケイトウ、と宇喜多に教えられた花だ。

風に飛ばされたとか、鳥や猫がイタズラしたとか考えられない。明らかに誰かが故意に挿したものだ。

誰かのちょっとしたイタズラ、気まぐれだろうか。

「ねえ、あんたなにか知らない？」

ふーちゃんに尋ねてみる。

「見ザル言ワザル聞カザル」

まったく役に立たない。

「いっそあんたがＡＩロボットで、監視カメラの役をしてくれたらどんなにいいか」

咲良はケイトウをワイヤーから引き抜く。

「植物園の花かな？」

休憩所に花が飾られていただけなら、不可解だが実害はない。でも、園の花が摘まれたのなら問題だ。

「ごっそり抜かれたならわかるけど、たったこれだけじゃ、花壇を見てもわからないかなぁ」

咲良は手にしたピンクとオレンジのケイトウを指で弄びながら独りごちる。

「一応宇喜多さんに報告、っと」

自分は報告(ホウ)・連絡(レン)・相談(ソウ)ができる、ちゃんとした社会人だというアピールも含めて宇喜多への業務日誌を書く。時には顔を合わすことのない日もあるので、咲良が提案したものだ。まるで交換日記みたいですねと、はにかみながらも諸手(もろて)を挙げて賛成した宇喜多だが、ほとんど咲良の一方的な業務連絡になっている。

ただちゃんと目だけは通しているらしく、「ありがとうございます」とか「助かります」とか「わかりました」など、一言コメントは必ず残している。彼なりの精一杯なのだろう。

書き終えてパタンとノートを閉じると、咲良は取ってきたケイトウを眺めながら頬杖(ほおづえ)をつく。

「これ、どうしようか」

捨てるにはしのびない。まだ美しい姿だ。咲良はドライフラワーにするべく、机の引き出しからクリップを取り出して、壁のフックにかける。

「イラッシャイマセ」

ふーちゃんの声と共に売店のドアが開く。

「今日は暑いわねぇ」

売店に入ってきたのは、常連のひとり前田だった。夫に先立たれた七十歳過ぎの老女。一人暮らしで暇を持て余しているのか、会えば必ず声をかけてくる。

「いらっしゃいませ、前田さん。お買物の帰りですか？」

前田が手にしているスーパーマーケットの袋を確認してから、咲良は笑顔で迎える。近所に住んでいる前田にとっては植物園も道の一部だ。帰宅途中に寄って休んでいくのは彼女の日常になっている。

「あら、あれは？」

前田が壁に吊るされた花を指さす。

「水飲み場の近くの柱に挿してあったんです。捨てるのなんだかもったいないから、ドライフラワーにしようと思って」

「可愛いイタズラね」

「人を不快にはさせませんが、植物園の花を抜いたなら犯罪です」

前田が苦笑する。

「あなたの立場ならそうよねぇ」

――あんたは真面目過ぎる。

真由美の呆れた声が聞こえた気がして、咲良も苦笑する。常連とは言え、お客さんの前で憤りを吐き出すべきではなかった。

「でも、このぐらいなら大目にみますけど」

誤魔化すように咲良は付け加える。

だが、これは始まりに過ぎなかった。


彼との出会いは突然だった。

週一回の定例会議の帰り、事務所へ戻る途中、今まさに植物園の枝を刈り取ろうとしている男の姿を発見した。

花泥棒！　咲良は心の中で叫ぶ。

人が少ない平日の午前中を狙っての犯行か。

植物園の花を取ったり、木の枝を折ったりするのは子どものイタズラだと思っていた。

まさか大人だったとは。

咲良は慎重に犯人の姿を背後から観察する。

Tシャツにジーンズ。背が高い。手に持った巨大な鋏でハナミズキの枝を切っていく。

大胆すぎる行動に気後れしながらも、自分は植物園の職員だという自負を持って咲良は勇気を出す。

「あの、植物を傷つけるのはやめてください」

「あ？」

男が振り返って脅すように目を眇めた。自分と同じ歳ぐらいの若い男かと思ったが、もっとずっと大人の男だった。三十歳ぐらいだろうか。咲良は恐怖に後ずさりする。

注意して逆切れ……なんてことに。明らかに社会人と思われる歳で、平日の午後にTシャツとジーンズというラフな服装で植物園をふらふらしているなんて無職に違いない。無職で社会を恨み、とにかく誰かに八つ当たりしたい輩であったら――。

それでも植物園の植物を守らなければ、それは仕事だと勇気を奮い立たせる。

「植物を傷つけることは、器物損害にあたります。立派な犯罪です」

植物園のどこかにいる宇喜多が自分に気づいてくれないか。大きな声で彼を呼べばいいのか。

足を震わせながら迷っている咲良の、県のマークが入った腕章に男が目を止め、しばし考え込んでから口を開いた。

「あんたが新しい植物園の新人の職員か」

咲良は一瞬で悟った。宇喜多がたぶん忘れて紹介してくれていない委託業者の誰か。なら、逆切れするクレーマーではない。安堵した咲良の耳にひどい言葉が飛び込む。

「聞いた通りのド素人だな」

「はっ⁉」

完全に見下されて、咲良は思わず剣呑な態度になる。

男が威嚇するように、手にした鋏を動かす。

「剪定鋏も知らないのか」

確かに知らなかった。よく見えなかったせいもあるが、咲良にはちょっと大きな鋏としか思えなかった。少し注意深く観察すれば、宇喜多が持っているものと似ていると気づけた。迂闊だった。

だが、こちらは雇い主だ。卑屈になるものかと、咲良は胸を張る。

「確かに私は新人で植物の知識に乏しいけれど、ここの職員です。誤解したことはお詫びしますが、そちらも誤解されるような行いはやめてください。私以外の来園者のことも考えてください。真似されたら困ります。会社のロゴが入った服装とか、もっとこう宇喜多さんのようにいかにも庭仕事している服とか」

「こんな鋏を持って、真昼間から植物園で堂々と剪定する奴がいるか」

「……いるかもしれないじゃないですか」

男が鼻で嗤い、咲良を無視して作業の続きを始める。

言い返したいが、言い返すほどの知識がない。だがこのまま去るのも、尻尾を巻いて退散するような気がして悔しい。ふと、言い返すネタが思いついた。

「せめて作業を始める際には、ご連絡いただけませんか？　事前にでも、当日事務所にでも構わないので」

社会人の基礎、報告・連絡・相談を怠ったそちらにも非はあるのだ。

「ごめんなさいっ！」

咲良が期待していた謝罪は、目の前の男からではなく、背後から聞こえてきた。振り返ると、宇喜多が土下座する勢いで頭を下げて謝罪の言葉を述べる。

「僕が連絡するのを忘れていましたっ‼」

また、連絡ミスかっ！　叫びたくなるのを、ぐっと我慢する。

「紹介も忘れていて、すみません。島津くん」

男が振り返り、鋏を下ろす。

「こちらが五月から植物園に来てくれた花澤咲良さんです」

宇喜多に紹介されて、仕方なく咲良は頭を下げる。

「花澤咲良です。よろしくお願いします」

男のほうも仕方なしに、という様子で手を止めて咲良のほうに向き合う。

「で、こちらがうちと契約している島津造園の島津智則くん」

「よろしく」

不愛想に島津が言う。

「島津くんは天才的に植物を育てることができる才能、緑の指を持っているといわれる、島津造園の次期取締役候補なんです。僕は彼から色々と指南を受けています」

「宇喜多さん」

島津が固い声で宇喜多を呼ぶ。

「いくら人手不足だからって、役に立たない新人を入れてどうするんです？　県民の血税を無駄遣いしないでよ」

宇喜多が焦りながら言う。

「花澤さんは勉強中なんです。知識がないのは当たり前です。僕や島津くんのように専門の学校を出ていませんし」

はい、ただの商業科です、と咲良は心の中で同意する。

島津は見下した視線を変えない。

「その割には仕事に対する意欲も、植物に対する興味もないらしい。配属されて一ヵ月も経つのに」

「島津くんっ！」

宇喜多が島津の肩をガシッと抱いて、引きずるようにその場から二メートルほど離れる。そしてボソボソと宇喜多が島津に耳打ちをしだす。

「お願い、きついこと言わないでください。今時の子は、すぐに辞めちゃうそうだから。嘆願して、嘆願して、やっと来てくれた人材なのです。それに咲良さんは――」

本人は小声で言っているつもりらしいが、咲良に丸聞こえだった。

「辞めませんってば！」

反射的に咲良が叫び、宇喜多は驚いた顔で、島津は訝る顔で振り向く。

「では、売店で仕事をしますので」

咲良は思い切りよく頭を下げて、不機嫌さを隠さずにその場を去る。背後から聞こえた宇喜多の「もう島津くんは～」と弱ったような声がさらに苛立たせる。

「専門家が専門知識あるのは当たり前じゃない。私は商業科高校出身よ。なんなら簿記や算盤で勝負しましょうか」

島津に馬鹿にされたことが頭から離れない。自分は知識がないなりにも頑張っているつもりだ。なに一つ知らないくせに。植物の知識があるだけで大きな顔をして。

悔しさと怒りが、マグマのように沸々と胸の奥から湧いてくる。

売店の入り口に吊るされた鳥籠が見えると、咲良は歩調を速めた。ふーちゃんが何かを発する前に、籠に顔を近づけ言った。

「ただいまっ！」

「ギャ」

ふーちゃんは先制攻撃に戸惑ったのか、変な鳴き声を出して頭を左右に傾けた。

してやったり、とちょっとだけ溜飲(りゅういん)を下げて咲良はドアを開けて売店に入った。

ひどい胸やけを抱えた気持ちでレジ番をしていると、ふーちゃんが騒ぎ出した。

何事かと思い、イスから立ち上がれば、ふーちゃんが若い女にからかわれている。女が鳥籠の中に指を抜き差ししている。

植物園のゆるキャラの危機。咲良が立ち上がるのと、女が店の中をのぞき込んだのが同時で、目が合った。

そして、同時に悲鳴を上げる。

「咲良っ！」

「真由美(まゆみ)っ！」

しばしお互いを見つめあいながら固まる二人。

先に動いたのは真由美だった。がらりとガラスのドアが開く。

「いたいた、咲良いたぁ。よかった」

「え、真由美、なんで？　学校は？」

「今日の授業は午後から。だから咲良の職場を見に来ちゃった」

高校の制服ではなく、私服の真由美はとても大人に見えた。真由美の私服姿を見たのは初めてではないが、高校生のときとはなんか雰囲気が違う。シンプルなリボン付きのブラウスにタイトスカート。足元はヒールの高いピンク色のパンプス。高校生の時はファンデーションと色付きリップクリームだけの化粧だったのに、今はマスカラもチークもアイメイクもバッチリだった。

対する咲良は動きやすいシャツにパンツ。腕には県庁マークが入った腕章。日焼け止めクリームはバッチリ塗っているが、化粧は色付きのリップクリームぐらい。接客業とはいえ、ほとんど人と接することがない。それに派手な化粧をするのはなんとなく憚られた。全体的にはスポーツ施設ということもあり、他の女性職員もほとんどがノーメイクに近い。そんな中で、新人の自分が社会人デビューの如き、フルメイクをしていったら浮いてしまう懸念だがあった。

「なんか地味な店だね。可愛いって思えるのこれぐらい」

真由美は棚においてあるハーバリウムを指差して笑う。

あれは陽菜のために、宇喜多と咲良が一緒に作ったものだ。商品の中では華やかで目立ち、来店者が目を留めたり手にとったりするが、未だに売れずそこにある。

真由美が売店の中央でくるりと一回転して、大きく伸びをする。

「いい職場じゃん。上司の目もなく、客もあまりこない店で留守番なんて。のんびりできてストレスなんてないでしょ。それで安定したお給料がもらえるんだから」

私の苦労も知らないでと思いながらも、確かのそのとおりだと納得もする。

「咲良は植物嫌いだから、毎日きれいな花を眺めることができるのはメリットじゃないだろうけど、イケメンがやってくるのは目の保養になるんじゃない？」

「イケメン？」

咲良の眉間にリアス式海岸のごとくシワが現れる。まさか島津のことじゃないだろうな。確かに顔はそこそこ整っていたが、性格は最悪だ。年上で、専門家だからとはいえ、あそこまで上から目線で高飛車な態度を取られる筋合いはない。

咲良の心境など知らずにいる真由美は続ける。

「こんな時間にランニングしているなら大学生かな？　それともどこかの事業団に属している選手とか。もしかしたら有名なスポーツ選手と顔見知りになれるかもね。いいなぁ、羨ましい」

「は？」

スポーツ選手？　とりあえず島津のことを指しているのではないとわかって眉間のリアス式海岸を崩壊させた。

「店の前から見ていたけれど、植物園をジョギングしていく若い男の人を二人も見かけたよ。スポーツ施設があるんだから、爽やかなスポーツマンが結構来るんじゃないの？」

「どうかな？　私はほぼ事務所っていうか、売店の中にいるからわかんない」

天気のいい日には藤棚の下のベンチに座ってぼーっとしているか、お弁当を食べるかぐらいだ。

自分が気づかないだけで真由美の言うように、スポーツ施設があるから体の引き締まった爽やかなスポーツ青年が植物園を出入りしている可能性はある。

「ねえ、有名なスポーツ選手とか来たりしないの？　知り合いになれたら合コンしよ。こっちは可愛いクラスメイト集めるし」

再び咲良の眉間にリアス式海岸が現れ、それを見た真由美が弱った笑みを浮かべた。

「そうだった。咲良は植物だけじゃなくて、男も嫌いだもんね。合コンとか、嫌だよね。っていうかさ、眉間で感情を表すのやめてくれない」

男が嫌いなわけではない。ただ男に頼らず、ずっと一人で生きていきたいだけだと、咲良が眉間を人差し指で擦りながら反論を試みようとしたとき、店のドアが開いて宇喜多が入ってきた。

「すみません、花澤さん。僕に色々と不備があってご迷惑を――」

宇喜多が真由美に気づき、慌てて接客用の笑顔を作る。

「いらっしゃいませ」

真由美もよそ行きの笑顔で答える。

「お気になさらずに。私は咲良の身内ですから」

咲良が否定する前に、宇喜多が真由美に対して姿勢を正す。

「あ、お身内の方でしたか？　お姉さん？　従姉妹とかご親戚ですか？　花澤さんには大変お世話になっています」

宇喜多が丁寧にお辞儀する。真由美が笑いを噛み殺している。咲良は若干の怒りを持って宇喜多に言う。

「身内ではなく、ただの友だちです。私をからかいに来たんです。だいたい身内がいきなり職場に来るなんて非常識じゃないですか」

「花澤さんはとてもしっかりしていますが、法律的にはまだ未成年ですから、ご家族が心配して職場を見に来るのも当然だと思います」

「まさか！」

うっかり言葉が漏れて、慌てて咲良は手で口を塞ぐ。宇喜多が不思議そうな顔で咲良に顔を向けようとしたが、それを阻止するように真由美が口を開く。

「咲良の家はそんな過保護じゃないですよ」

あははと笑う真由美の声に、咲良は救われる。

「そうですか。でも、気になったらいつでも職場見学にいらしてください、とお伝えくださいね」

宇喜多がにこやかに続ける。

「せっかくお友だちが来てくれたのだから、早い昼食休憩をとってもいいですよ。僕は売店の近くにいますから、長くなっても大丈夫です。ゆっくりしてきてください」

「わぁ、話のわかる上司さんでラッキーじゃない。ありがとうございまーす」

「ちょっと」

　咲良は大げさに喜ぶ真由美を小突く。

「ちゃんと一時間で帰ってきますから」

「気にしないでください。リボンを買ってきてくれた分です。わざわざ駅前まで行ってくれたんですよね。勤務時間外に仕事をしてくれたんですから」

「うわっ、細かっ！　なんか公務員っぽい」

「真由美！」

　宇喜多が苦笑を浮かべる。これ以上、真由美と接触させたらだめだと、宇喜多の言葉に甘えることにする。

　若干後ろ髪引かれながらも、咲良は小さく頭を下げて真由美と一緒に売店を出ようとして立ち止まった。

「あ、一つ報告が」

　首を傾(かし)げる宇喜多に咲良は、藤棚のほうを指さす。

「この前日誌に書いたように、今日も藤棚の柱に花が挿してありました」

「これで連続四日ですね」

「イタズラにしては、しつこいですよね」

「うーん、そうなりますね」

宇喜多が腕を組む。真由美はなんのことだかわからずにキョロキョロと二人の顔を交互に見る。

「まあ、今のところ被害はないようですから、しばらく様子を見ましょう。さ、休憩にいってらっしゃい」

宇喜多が手を振り、咲良はもう一度小さく頭を下げて売店を出た。


「ねえ、なにか事件でも起きているの？」

体育館内の食堂に着くや否や、真由美が好奇心に目を輝かせて聞いてくる。

「事件なんて大げさな言い方しないでよ」

でも、挿さっていた花が植物園から手折られたものなら、ちょっとした事件だ。宇喜多の言うように、被害はほぼないと言っていいが、小さな犯罪を見逃していると、そのうちどんどん拡大してしまう可能性がある。

「なんなの、四日連続って」

咲良は自分で作った弁当を広げ、真由美は日替わりパスタのカルボナーラをフォークで巻き取る。

「他の人に言って広めたりしないでよ」

「もちろん、もちろん」

　軽い返しに不安を覚えないではないが、咲良は話し始めた。誰かに聞いて欲しかった、相談したかったのだ。

「売店の横に藤棚があるでしょ」

「テーブルやベンチのある休憩所の屋根みたいなやつね。それで？」

「最近、水飲み場に一番近い柱に、花が括りつけられているの。初めて見つけたのが四日前で、それから毎日。ちょっとしたイタズラって感じだけど、植物園の花が盗まれたんだったら問題だし、なんとなく薄気味悪いし」

「確かに、ちょっと不気味。好意的に考えるなら、休憩所を華やかにしたいとか」

「華やかにしたいなら、もっと大きくてきれいな花を飾ると思うんだよね。いかにも飾りました、って感じなら納得いく。でも、これまでは地味な花とか、草だったときもあったし」

「たとえば、どんな花？」

「えっと……」

　咲良は記憶を手繰り寄せる。

る。

「最初はケイトウで、他にはアマドコロとかオジギソウの葉とか」

植物の名前はケイトウ以外、すべて宇喜多から教えてもらったので、うろ覚えだ。

咲良はスマートフォンをポケットから取り出して操作し、撮った写真を真由美に見せる。

「これが最初。で、これとかこれが」

「葉っぱ？　そりゃ地味だね」

「でしょ。水飲み場を華やかにしようじゃないよね」

真由美が皿の上でパスタをフォークに巻き付けながら考え込む。

「……なんかの暗号だったりして」

「暗号？」

「例えば……、そう、麻薬売買の」

「麻薬！」

思わず大きな声を出してしまい、周りの客が咲良に集中する。

「バカバカ、しーっ」

真由美が噛みつくように人差し指を口元に持って行って、唇を左右に開いて歯を見せる。咲良は誤魔化すように小さく咳払い(せきばら)をした。

声のトーンを落として真由美に尋ねる。

「麻薬売買ってなによ」

真由美も咲良に合わせてトーンを下げる。

「植物園って夜でも入れるんでしょ。で、人目はないよね。犯罪には絶好の場所じゃん。ドラマでも広い公園の木陰で取引していたシーンあったし」

犯罪という言葉に咲良は慄く。

「でも、夜じゃなくて昼間だし」

「いつ花が挿されたか、把握しているの？」

「え、っと」

そういえば、花が挿されたのはいつだ？

まさか何日も続くとは思っていなかったから注意していなかった。

花が植物園のものかどうかばかり考えていた咲良には、新しい視点だった。四日続いたということは、阻止しなければこれからも続く可能性大だ。なら、犯行がいつ行われているかを把握するのは重要。

宇喜多は把握しているのだろうか？

「そうね。こまめにその柱を見て、いつ花が挿されたか特定しなくちゃ」

咲良は意気込んでホウレン草入りの出汁巻き卵を口に入れる。卵のほんのりとした甘みと、塩味のホウレン草がいい塩梅。自画自賛だが、自分の作る出汁巻き焼きは最高だと思う。

「麻薬売買はオーバーかもだけど、なにかの暗号はあるんじゃない？」

真由美はパスタを頬張りながら自論を続ける。

「例えば不倫カップルが、デートの場所を指定しているとか」

「でも、私や宇喜多さんに取られて、見逃す可能性もあるよね」

身を乗り出した咲良に、真由美は冷静に答える。

「咲良の出勤前、もしくは退勤後に見ているんじゃないの」

「夜から早朝にかけてってこと？」

「夜中に誰かがメッセージ代わりに花を挿して、朝に誰かがそれを確認する」

「それなら私や宇喜多さんに邪魔されることはないだろうけど、わざわざそんな面倒なことする？　携帯電話がない時代ならまだしも」

「だーかーらー」

真由美が声を低くして咲良に顔を寄せる。

「不倫とか麻薬取引なら通話記録が残っちゃまずいでしょ。薬が手に入ったら花、だめなら草とかさ」

「まさか、植物園が犯罪の現場に使われるなんて。そういうのって車の中とか、アパートの一室とかで行われるんじゃない？」

ふと、咲良の頭に宇喜多の頼りなさそうな笑顔が浮かんだ。

植物園にやってくる花好きに悪人はいないと本気で思っている脳内お花畑上司は、一ミリも犯罪の可能性なんて考えていなさそうだ。

本気で犯罪だとは思わないが、万が一のことを考えると……。

咲良が真剣に対策を考えながら弁当をつついていると、真由美が手元をのぞき込んでくる。

「初めて四季島（しきしま）公園の体育館で食事したけど、けっこういけるね。安いし、コスパいいのに、やっぱりお弁当派なんだ」

「確かにコスパいいけど、自炊に勝るものはないよ」

「一人分だと、かえって高くなったりしないの？」

「スーパーで安い食材を仕入れて、ちゃんと使いきればコスパ最強。保存や冷凍の知識があれば大丈夫」

咲良はガッツポーズを作る。

「さすがぁ」

「一人暮らしのために日々節約よ」

真由美が吹き出す。

「咲良は真面目だなぁ」

フォークに巻き付けたパスタを口に入れて、寂しそうな表情で窓の外を見る。

「真由美？」

「咲良は本当にしっかりしていて立派だけど、あんまり頑張りすぎないでね。ちょっと心配だよ」

「別に無理しているわけじゃないし」

真由美がふうっと大きく息を吐いて咲良を真正面に見る。

「無理していないならいいんだ。私、愚痴を聞くぐらいしかできないけど、辛くなったら言ってよね」

「うん……」

両親が揃った普通の家庭で幸せに育った真由美。天真爛漫で素直で正直で、ちょっと自己中なところもあるけれど、咲良とは正反対の楽天的な彼女にこれまで何度も励まされ助けられてきた。胸の奥が、そっと温かくなる。今日も咲良を心配して、わざわざ来てくれたのだ
「でもさ、咲良が言った通り、穏やかな上司で安心したよ。植物園勤務って聞いたときはびっくりして心配だったけど、ちゃんと定時で帰れて休憩もちゃんと取れるって本当当みたいね。安心した。頑張って公務員になった甲斐があったじゃん」

「うん。よかった。結局、植物の世話はしなくて済みそうだし」

二人は顔を見合わせて笑う。

◆

島津に対抗するわけではないが、咲良は売店に籠もるばかりではなく、積極的に植物園を観察して歩くことにした。

世話はしたくないが、するつもりもないが、知識はあってしかるべき。植物園にある植物の名前と特徴ぐらいは、来園者に聞かれて答えられるぐらいには。

いつか島津に一矢報いることができれば、という気持ちも少しはあるが。

手には植物図鑑。島津に会った日、帰宅途中に買ったものだ。

千五百円の手頃なもので、植物園で育つすべての植物を網羅してはいないが、写真がたくさん載っていてわかりやすい。この本を宇喜多に見つけられると、彼は咲良がドン引きするほどの感激を表し、次の日には家にある植物図鑑や事典、写真集を持ってきた。中にはどう見ても新品としか見えない花占いの本もあった。少しでも咲良に花を好きになってもらいたいという、宇喜多の作戦が見え隠れする。

そんなわけで、レジの横に数冊の本が積まれている。

客が来ない合間に読んで時間をつぶすことにしている。掃除だけでは、全然時間つぶしにならないからだ。ちなみに事務所の整理と掃除をしているときに、宇喜多のお泊まりセットを見つけて辟易(へきえき)したのは、今のところ秘密だ。

長い時間外に出ることは憚られるが、毎日観察するエリアを決めて、十分や二十分ほど折を見て観察に出向く。

咲良の希望で、ふーちゃんが見える位置についてる監視カメラは本物にしてもらったのもある。来園客はあいかわらず少ないし。

「というわけで、私はこれから二十分ほど店を離れるから」

「ゴクロウサン」

「上から目線かっ！」

ふーちゃんが素知らぬ顔で羽を繕い始める。

「まあいいわ。何かあったら叫んで助けを呼ぶのよ」

「オマエモナー」

「私もかっ！」

咲良は小さくため息をつく。鳥相手になにやってんだか……。

ごくたまにだが、来園者に植物の質問をされることもある。今のところは新人で勉強中の身と許されているが、いつまでも甘えているわけにはいかない。とはいえ、専門的な知識はないので、難しい質問は宇喜多に頼ることになる。

「島津（アイツ）が背中押したとかじゃないんだからねっ」

誰にともなく言い訳する。

売店を出ると同時に水飲み場に目線をやるのが癖のようになってしまった。

初めて植物が挿しているのを見つけてから一週間以上経つ。

平日の昼間、咲良が勤めている九時から十七時の間には柱に植物が挿されることはない。咲良のいない、夜から早朝に犯人はやってくるのだ。

今日挿さっていた花を探す。植物園で見た気がするのだ。

「土日も挿さっているとしたら、今日で八日目いや、九日目になるのか」

咲良は植物図鑑を手に、花壇をのぞき込む。ここは季節の花コーナー。春の花壇が寂しくなるにつれ、夏の花壇が華やかになっている。その賑わいの中に、目当ての花があった。

「これだ！」

薄紫やピンクの細い花びらが放射線状に開く花。

土に刺さっているネームプレートには『東菊（アズマギク）：キク科ムカシヨモギ属』。

咲良は手にした植物図鑑を広げる。

「やっぱりそうだ。当たっている」

キク科だけに、小さな菊のような花。そして、ヨモギのような葉。

図鑑には茎の高さは十～三十センチ程度で、開花期は四～七月。関東地方に多いキクの意味。全体にやわらかい毛で覆われている。

「毎日イタズラしにくるって、どれだけ暇なの」

ここから花が引っこ抜かれて、あるいは切り取られて水飲み場に飾られていたのだろうか。咲良はしゃがんで、不自然に茎が切れているものや、土から引っこ抜けれた跡がないか注意深く目を這わす。

「あら、なにしているの？」

背後から声をかけられて振り向くと、ジャージ姿の緑川が首にかけたタオルで汗を拭っていた。

「あ、あの、植物園にある植物ぐらいは知っておこうと思って」

植物が傷つけられたか確認していた、とは言えなかった。自分たちの監督不行き届きを告白するような気がしたのだ。

「あら、宇喜多くんが喜びそうね。植物が嫌いなのに偉いわね」

緑川が豪快に笑う。

「植物の世話とか土いじりが苦手なだけで、花は普通にきれいだと思います。友だちと花見をしたこともあるし」

「それでも偉いわ」

なんかちょっと照れくさくて、咲良は話題を変える。

「緑川さんはどうして植物園に？」

「今は休憩時間だから、ちょっと体を動かしておこうと思って軽くランニング中」

「休憩なのに⁉」

走ったりしたら休憩どころか疲れてしまうのでは、という咲良の疑問に気づいたのか、緑川は朗らかに説明する。

「休憩には消極的休憩と、積極的休憩があるの。消極的休憩は、文字通り座ったり、眠ったりして体を休める方法。今の私の場合は積極的休憩。体を軽く動かして、血液の循環を良くして、活力を取り戻すの」

緑川は大きく伸びをしながら尋ねる。

「アズマギクは好きなの？」

「いえ。特別好きってわけでは」

「そう。なんか熱心に見つめているから」

盗まれた痕跡を探していた、とはやはり言えない。

「今日はこのあたりの花の特徴を覚えようと思って」

「がんばってるわね。いい新人が入って、宇喜多くんは幸運だわ」

ちょっとだけ嘘をついたが、植物園にある植物ぐらいは詳しくなろう、勉強しようとしていたのは事実だ。

「いえ、仕事ですから。当然のことです」

若干後ろめたさを感じながら、言い訳するように続ける。そしてふと、真由美に言われたことを思い出す。

「そういえば、スポーツ施設には有名な選手とか、プロの方とかも来るんですか？」

「あら花澤さん、スポーツ選手に興味あるの？」

ミーハーだと思われたのだろうか？　慌てて取り繕う。

「いえ、友だちにプロ選手に会えるのではと羨ましがられて。そんなことありえるのかと」

緑川が大笑いする。

「有名なプロ選手は来ないけれど、将来そうなるかもしれない人たちは、いっぱい来ているわよ」

「将来？」

「有名な選手は、ここよりももっと充実した施設でトレーニングできるでしょうね。そんな所で練習できない選手や、もしかしたらそんな選手になるかもしれない子どもたちを助けるのが私たちの役目。もちろんプロなんか目指していない、ただ運動不足を解消したいだけの人たちをサポートするのも仕事よ」

言われてみれば当然だ。聞くまでもない質問をしてしまったと、咲良は恥ずかしくなる。

「スポーツに限ったことじゃないけれど、プロや一流を目指すには時間やお金、色々と犠牲にしなくてはならないわよね。それに、努力しても報われるとは限らない。でも、簡単に諦めてほしくない」

緑川が泣き笑いのような、寂しげな笑みを浮かべる。

「四季島公園のスポーツクラブや、ジムに通う常連さんの中に、きっと金の卵はいるわ。私も昔はプロのテニスプレイヤーを目指していたからわかるの」

「プロっ！　すごい！」

咲良には全く縁のない世界に、思わず声を上げてしまった。

「結局はなれなかったけど」

緑川ははにかみながら、小さくため息をついた。

「どんなに頑張っても、気をつけていても予期せぬ出来事って起きてしまうの。どうしようもないわ。本人が悪いわけじゃない。一生懸命練習していたからこそケガしてしまうとか」

緑川自身がそのような目に遭ったのだろうか。

「でも、努力は無駄にはならない。プロの夢は叶わなかったけれど、今こうして希望の仕事に就けたのも、健康でいられるのも、精神が強くなったのも、死にものぐるいで目標を目指していた人生があったからだと思うから。ものすごく悔しくて、悲しい思いをしたけれど、今ではそれもいい思い出。輝く青春の一ページよ」

緑川が咲良に向けた笑みは、雲に隠れていた太陽が姿を現したように眩しかった。

「だから簡単に諦めないでって、全力でサポートしたい。ここに通うスポーツ青年や子どもたちに」

「緑川さんが指導した人たちですか？」

「そうね。イベントや講座、体育館やジムに通う常連の人たち」

四季島公園で十年以上、緑川はたくさんの金の卵たちを見てきたのだろう。

「話が脱線したわね。ともかく、花澤さんは立派よ」

緑川は爽やかな笑顔で咲良を褒めて去っていった。おかげで島津に受けたダメージは全回復した。

色々と思うことはあるが、今は自分の仕事に集中しなければ。

咲良は再びアズマギクに目を這わす。引っこ抜かれた跡や、不自然に茎が切れているものは見当たらない。

「植物園のものじゃないのかな？　それとも私が痕跡を見つけられないだけかな」

挿してあった花は二輪だけ。宇喜多ならともかく、二輪ほど切られた痕跡など、咲良にはとても見つけられない。

　咲良は立ち上がって、軽く首を揉む。園の植物が傷つけられていないなら、まずは一安心だ。けれど、本当に傷つけられていないのかはわからない。それに、今回はたまたま犯人の庭に生えていたものを使ったのかもしれない。

「いや待てよ」

　咲良は腕組みをして考える。

「家の植物を引っこ抜いて、わざわざ植物園に持ってきて、藤棚に挿す？　なんで？ただのイタズラなら、そこまでする？」

　真由美の言っていた、誰かへのメッセージ説が濃厚になっていく。

「嫌がらせも不気味だけど。でも、メッセージだとしたら、内容によってはもっと深刻よね」

　真由美の言うように、ここで麻薬売買なんてあったら……。

　咲良は身震いする。

　これがスキャンダルとして世に広まってしまったら。

　公務員はスキャンダルに弱い。トカゲのしっぽ切りで、見逃していた咲良や宇喜多の責任が問われ……クビとか。

「なんのために必死に勉強して公務員になったと思ってんの！」

見知らぬ犯人に対して怒りが沸々と湧き上がる。

「絶対に捕まえてやる」

しかし、どうやって。家に帰らずに、事務所に泊まって水飲み場を監視していればいいのか。

「それも、ありかも。一泊ぐらいなら問題ない。あとは宇喜多さんに許可をもらえさえすれば」

宇喜多はこの件にあまり積極的ではない。咲良の提案にどう反応するだろう。女の子がこんなところに泊まるなんてとか、家族が心配するとか言い出しそうだ。なら、自分が泊まって見張ると言うだろうか？　それならそれでいい。とにかく犯人を捕まえられるのであれば。

「よしっ！　それでいこう！」

パタンと勢いよく図鑑を閉じて、売店へ戻ることにする。植物の名前を覚えるべく、ネームプレートを小声で読みながら歩いていく。

ふーちゃんが元気なのに安心しながら売店のドアへ近づくと、レジ前に男が立っているのが見えて、咲良の足が止まる。

一体なにをしているのか。ここからだと、男の姿はほぼ後ろ姿しか見えない。黒い長袖Tシャツにジーンズ。シンプルで特徴のない服装。

冷汗が落ちた。心臓が暴れだす。鼓動が全身を駆け巡る。

ポケットに手を忍ばせスマートフォンを摑む。宇喜多に連絡を。それとも警備員を呼んだほうがいいのか。

「イラッシャイマセ！」

「ひゃぁ！」

緊張に震える咲良を脅かすように、ふーちゃんがしゃがれた声を上げた。飛び上がる咲良。声に気づいて振り向く男。

お互いに驚いた表情で見つめ合う。相手が逆上して突撃してきたらどうしようかと焦るが、体が動かない。

恐怖が全身を駆け巡る。

咲良と目が合うと、男は小さく頭を下げた。泥棒でもなく、変質者でもなく、常識のある人のようで、体中の緊張が溶け出して、空気に放出される。

男は二十歳ぐらい。学生だろうか。優しげな顔立ちだけれど、眉や一重の目がキリリとしていて、真由美の好きそうなタイプ。スポーツマンらしく、背筋がピンと伸びている。彼女が言っていた爽やかなイケメンだろうか？

店に籠りっきりだから気づかなかっただけで、この手の男は結構来園していたのだろうか？

「いらっしゃいませ」

「この本、買いたいんですけど」

男は宇喜多が持ってきた植物の本を持っていた。

「ごめんなさい。それは職員の私物で売り物ではないんです」

咲良が申し訳なく言うと、男は戸惑った表情を浮かべ、慌てて本をレジの机に置く。

「すみません。そうとは知らずに」

今度は咲良が恐縮し、慌てて言う。

「こちらこそ、紛らわしいことをしてすみません。私の勉強用に上司が貸してくれたもので」

男の表情が明るくなる。

「勉強しているんですか。なら植物には詳しいんですか？」

咲良は首を飛ばす勢いで左右に振る。

「全っ然、詳しくないです！」

「え、あ、そうですか」

男が少々たじろぐように上半身を反る。咲良は馬鹿正直に告白したことを後悔し、すぐに営業用スマイルで取り繕う。

「まだ勤務一ヶ月程度なので、未熟で勉強中の身です。でも、私の上司はとても植物に詳しいし、専門業者も月に何度か来るので、もし植物のことで困っていることがあれば、伝えておきますけど」

　咲良は笑顔を貼り付けたまま、レジ前の男の反応を観察する。男は顎に手を当てて考え込んでいる。いや、迷っている。

「遠慮なさらないでください。お力になれるかはわかりませんが」

　咲良の言葉に男は口を開きかけたが、すぐに閉じてしまった。そして、ポケットからスマートフォンを取り出す。

「ありがとうございます。でも、自分で探してみます。この本の表紙を撮っていいですか？　書店で買うときの参考に」

「どうぞ」

　咲良が許可すると、男はレジに置いてあった宇喜多の本の表紙をすべてスマートフォンに収める。花占いの本も含めて。男でも興味があるのか。若い男の間で流行っているのか。植物馬鹿と緑川に言われる宇喜多も花占いには興味はないようだが。島津智則は……絶対興味ないだろうと咲良は結論付ける。

　恋人に花束でも贈るのだろうか？

　彼の恋人が自分のような嗜好の持ち主でないことを祈った。

「ええっ！　そんなの許可できませんよ」

午後四時五十分。咲良の（正確には宇喜多もだが）退社時間の十分前に事務所に帰ってきた上司に、咲良が宿泊の許可をお願いした返答がこれだ。

「そもそも、ここは宿泊施設じゃないんですよ」

呆れて説得する宇喜多に、咲良は冷静に反論を試みる。

「でも、宇喜多さんの着替えや洗面道具が事務所にあったってことは、ここに泊まっているってことですよね。体育館のシャワー室は午後十時まで使えますし、イスがあれば寝ることだってできますし」

宇喜多がカタバミの種のように飛び上がる。

「なんでそれをっ！」

「事務所の掃除をしていて見つけました」

宇喜多は狭い事務所を、焦ったようにウロウロする。

「それは花澤さんがいなかったとき、人手不足解消の最終手段です。それに僕は男で、そこそこ戦闘力があります」

宇喜多はシャツの長袖を捲（まく）って、握りこぶしを見せる。確かに日頃の肉体労働のせいか、予想以上に筋肉が盛り上がっている。が……、戦闘力は怪しい。体育館には、もっと筋肉隆々のマッチョをたくさん見かけた。

「柔道とか、なにか格闘技の経験が？」

「それはありませんが」

　萎むように項垂れる。

「でも、花澤さんの宿泊は認められません。なにかあったら困ります」

「なにかあったら、労災おりませんかね？」

「おりませんよ！」

「それは残念です」

「とにかく危険なことはやめてください。仕事が終わったらなるべく早くお家に帰って、いえ、花澤さんは若いからお友だちと食事したり遊んだりもするでしょうけど、あまり遅くなって人気のない暗い夜道とかにはくれぐれも気をつけてくださいね」

　なんか父親以上に父親っぽいと、ちょっと新鮮な気持ちになる。

「もしかして、前に島津くんに言われたことを気にしています？」

「え？」

　宇喜多に言われるまで思い出さなかった、不機嫌そうに咲良を睨（にら）みつける男の顔。そういえばあれから会っていない。顔を合わせないだけか、それほど頻繁には来ないのか。

「安心してください。彼にはガツンと、言いました。花澤さんは、この植物園に吹いた新しい風だと」

それで本当に相手に伝わったのか、咲良は懐疑的に思う。

「植物園の仕事は植物の世話だけじゃありません。花澤さんのおかげで、事務所も売店も藤棚の休憩所も毎日キレイで、きっとお客さんにも喜ばれているでしょう」

その客がほぼゼロというのも問題なのだが。

「事務所もとても清潔で整理整頓されて、本当に感謝しています。僕は片付けが苦手なので……そのせいで宿泊セットを見つけられてしまったのは迂闊でした」

「犯人がわからないと不気味じゃないですか？　安心して勤められません」

「でも、今のところ実害はないですし、植物園の花が盗まれたという証拠もないし。あ、花澤さんのリボンのおかげで、剪定した花や枝を持っていかれることはなくなりました。あ、そういえばラベンダーの件は、やはりゴミと思われて守衛さんが捨ててしまったそうです。もう二度と、そのようなことは起きないでしょう。ありがとうございます。これも島津くんに報告しておきます」

「いえ、べつにいいです」

あの男のことは忘れよう。直接やりとりするようなことはないだろうし、と咲良は考えている。

その考えが甘かったと知るのは、次の日だった。

宇喜多が植物園を出ていくと、咲良は事務所と店の掃除を始める。簡単な床掃除だ。

それが終われば後は売店の留守番というか、咲良の自由時間。

咲良は植物図鑑を手にして売店を出る。

「じゃ、行ってくるから留守をよろしくね、ふーちゃん」

咲良のルールとして、二十分以上売店を空けることはしないことにしている。それ以上空けるときは、ふーちゃんを事務所に隠しておく。

「梅雨が来る前に、なるべく植物の名前と特徴を覚えなきゃね」

雨の中、傘を差してまで植物観察をするほどの情熱はさすがにない。

今日は郷土の花コーナーに行く予定。

葉を見分けるよりも、花のほうがわかりやすい。

ネームプレートと植物を観察しつつ向かう。植物ばかり見ていたから気づかなかった。すぐ目の前に島津がいたことに。

危うくぶつかりそうになって、相手が島津だと気づいた。完全に油断していた。

相手に顔を見られるまえに回れ右して帰ろうとしたが、間に合わなかった。

「宇喜多さんの部下さん、か」

名前を覚えていないのか、それともわざとか。付属品のような呼び方に不満はあるが、一応「さん」がついていたので及第点とする。

「こんにちは、島津さん」

〝島津〟に、ことさらアクセントを置いて咲良は振り返る。

「今日も植物園に来てくださったのですか？　お疲れさまです」

急いで愛想笑いを貼りつける。

島津は咲良の手にある植物図鑑をちらっと見てぶっきらぼうに言う。

「勉強しているっていうのは本当のようだな」

言い方に棘を感じる。

「私は島津さんのように英才教育を受けていないので。日々努力するしかありません」

「教育を受けていようがいまいが、努力するのは社会人として当たり前じゃないのか」

本を持つ咲良の手が震える。なんだその上からの物言いは。花盗人に間違われたのを根に持っているのか。

「上司でもない人に言われる筋合いはありません」

「社会人としては俺のほうが先輩だけど。あと、植物の知識の量としても俺のほうが上だけど」

「こっちは雇用者側ですよ」

「契約を打ち切りたいなら、いつでもどうぞ」

悔しい。悔しいが、彼のほうが植物園にとっての価値が上だ。咲良が訴えたところで、宇喜多が契約を切ることは絶対にないだろう。

「お互いのために顔を合わせないほうがいいようですね。仕事の邪魔になりそうだし」

「その通り」

さっさと去れと言いたげに、島津は咲良に背を向ける。

「それっ――」

言い返そうとした咲良の視界の端に、見知った青年の姿が見えた。昨日、売店のレジで植物図鑑を見ていた爽やかイケメンだ。咲良が顔を向けると、彼は見つかったことにアタフタしながら謝罪する。

「お、お邪魔してすみません」

邪魔？　咲良の頭に疑問符が点く。

「邪魔とは？」

咲良の質問に、爽やかイケメンはオズオズと答える。

「あの……お二人は恋人なんですか？」

「「はあっ⁉」」

見事に咲良と島津の声がハモった。

「すみません、恋人同士の痴話喧嘩(げんか)かと」

　咲良が反射的に反論する。

「この人はともかく、私は勤務中ですよっ」

　今度は島津が反応する。

「時間外サービスをしてやっているのに、なんだその言いぐさは」

「嫌ならしなくていいんですよ」

　咲良はしてやったりと言い返す。たぶん、宇喜多の意志には反しているとは思うが。なので、心の隅で謝っておく。

　爽やかイケメンが居心地悪そうにしている。ショックから立ち直った咲良は声をかける。

「なにかご相談でも？」

「あ、いえ、べつに」

　爽やかイケメンは否定する。が、咲良には名探偵の如く、彼の心情がわかってしまう。何もなければ、彼はこんな時間にここにいないはずないのだ。

「どうぞ、遠慮なさらずに。植物のことならお力になれると思います。なにしろ、植物育成の天才の称号、緑の指を持っている、島津造園の次期取締役候補。植物のプロです」

島津がぎょっとした顔になり、こっちに押し付けるなと言いたげに険しい顔になったのを見れただけでも溜飲が下がった。が、すぐに反論される。

「自分は専門ではないので」

いや、専門でしょっ！　と、咲良は心のなかで叫ぶ。

島津はこの話は終わったとばかりに、咲良たちに背を向けて植物に集中する。

「専門外なら、勝手に植物に触らないでもらえますかっ⁉」

咲良が抗議する。

「植物相手の専門で、人間相手じゃないってことだ」

ありえん。咲良はがっくりと肩を落とす。彼の相談内容はわからないが、島津は関わりたくないようだ。契約内容に個別相談が含まれていないとしたら、文句も言えない。

「あの、島津さん。宇喜多さんがどこらへんにいるか知りませんか？」

「移動していなければ、針葉樹のあたり」

咲良のほうを振り返りもせず、投げ捨てるように答えが返ってくる。

「ありがとうございます」

機械的に礼を言って、咲良はイケメンに声をかけて誘導するように歩き出す。イケメンも咲良についてくる。

「お仕事中なのに、すみません。あ、俺は加藤（かとう）です」

「来園者の相談に乗るのも仕事の一環ですから気にしないでください。ところで、相談とは？　本を買っても解決しなかったのですか？」

加藤は弱々しく微笑んで、ズボンのポケットからスマートフォンを取り出す。

「自分で調べると言ったのに不甲斐なくてすみません。やっぱり、画像から植物を当てるのは難しくて」

「植物を当てる？」

「数日前から見かける植物のことを調べたいんだけれど、写真だけじゃ本当にその植物で正解なのかわからなくて」

「似た植物は多いですからね。よほどの特徴がない限り、写真だけで見分けるのは難しいですよね」

「俺はあんまり植物に詳しくないから」

「わかります。私もです。専門知識もないのに、この五月から突然植物園勤務になってしまって」

加藤が不安げな表情をしたので、咲良は安心させるようにガッツポーズとともに自信満々に告げる。

「私はまだ未熟ですが、上司は植物馬鹿……いえ、植物にとても精通しているので、きっとお役に立てるはずです」

「そうですか……」

不安と期待をない交ぜた返事。やや不安のほうが多いようだ。加藤を安心させるようなことを付け加えるべきかと迷った咲良に、宇喜多の姿が見えた。

針葉樹の根本にうずくまっている宇喜多の姿を見たときは安心した。島津にちょっとだけ感謝する。

「宇喜多さん」

近づきながら声をかけると、宇喜多は顔を上げ驚いた顔をする。

「花澤さんの……恋人ですか？」

なんでそうなるのか⁉　勤務中に恋人を呼び寄せるようなチャラチャラにした人間に見えるのか、と抗議したい気持ちはあるが、真由美が訪ねてきた前科があるので、ぐっと堪（こら）えて冷静に告げる。

「来園者の加藤さんです。植物に関して相談があるそうです」

宇喜多は顔を輝かせて立ち上がり、加藤に小さく頭を下げる。

「植物にご興味があるのですね。どんなご相談ですか？」

「この写真の植物たちの名前が知りたいんです」

加藤がスマートフォンを手に宇喜多に近づく。

「これはケイトウですね」

宇喜多が瞬時に答える。

「では、これは？」

加藤の人差し指がスマートフォンの画面を滑る。

「アマドコロだと思います」

加藤が次の写真を見せる。

「ウグイスカズラですね。次の葉はオジギソウだと思います。それは菩提樹で間違いないです。ミニヒマワリに、アサガオですね」

やはり宇喜多に引き会わせたのは正解だったと、咲良は胸を撫でおろす。

そして、写真を見ただけで植物を言い当てていく宇喜多の姿に、さすがと感心する咲良はあることに気づいた。

ケイトウ、アマドコロ、ウグイスカズラ、オジギソウ……。

宇喜多の口から流れる植物名、つまり加藤のスマートフォンに記録されている植物に覚えがある。

「それって、藤棚の柱に挿してあった植物じゃないですか？」

咲良の質問に加藤は目を丸くする。

「そうです。なんで知って……もしかしてキミが？」

「違います！」

咲良は思い切り首を横に振る。

「私も気になっていたんです。誰かに向けたメッセージではないかと」

犯罪のやり取り、とは言えなかった。

「数日前からということは、毎日植物園に来ているのですか？」

宇喜多の質問に、加藤がやや目を伏せて答える。

「今のところは」

「今のところ？」

宇喜多が不思議そうに繰り返す。加藤はしばし迷っていたが、観念したように話し始めた。

「俺は毎朝、植物園を一周してから大学に通うのが習慣でした。マラソン選手としてオリンピックを目指していたんです」

「オリンピック！」

自分には全く関係ないというか、雲の上の単語に咲良が思わず反応して声を上げた。そしてすぐに恥じる。

「あ……すみません。続きをどうぞ」

加藤は咲良に優しい笑みを向けてから続ける。

「ケガをしてしまって、選抜から落ちたんです。ショックでしばらく家に閉じ籠っていたんだけれど、ケガも完治して、また走り始めることにしました。このままじゃいけないと思って」

加藤はスマートフォンをいじりながら続ける。

「でも、選抜外になった自分がまた同じように努力する意味があるのかなって。もう止めてしまおうかと迷いながら植物園のランニングを始め、少し経った時に見つけたんです。これらの植物を」

彼が不思議に思って撮った藤棚に飾られた植物の写真は、一つの植物に対して色々な角度から記録されていた。

「誰かに見つかったら片付けられる可能性が高い。なら、早朝にやって来る人に見て欲しくて飾られたのか、と考えたら、自意識過剰と思われるかもしれないけど、俺に宛てられたもののような気がして。毎日早朝に植物園に来る人なんて限られているし、というか俺ぐらいだろうし。だから、どうしても気になって」

「だとしたら、加藤さん宛ての……ラブレターですかね？」

犯罪性がないなら万々歳だ。希望を込めて咲良が言う。宇喜多が恍惚（こうこつ）な表情を浮かべて、うっとりと言う。

「花に想（おも）いを託すなんてロマンティックですねぇ」

加藤が少し照れたようにうつむく。

「なんにせよ、メッセージとして一番可能性が高いのは花言葉かと。植物の正体さえわかれば、あとは自分で調べます。ありがとうございました」

スポーツマンらしく、礼儀正しく頭を下げる加藤に、宇喜多はいつでも相談に来てくださいと声をかける。

「花言葉じゃないかも」

咲良はふと浮かんだ疑問を口にする。

「アサガオの花言葉って色々あるけれど、短い恋っていうのが有名だもの。朝咲いて、昼過ぎには萎れるから」

宇喜多が驚いた顔をする。

「花澤さん、花言葉に詳しいですね」

咲良は慌てて、取ってつけたように言う。

「アサガオは小学校の時に理科の宿題として、夏休みに育てさせられたから」

加藤が大きくうなずいた。

「ああ、俺も。懐かしいですね、アサガオ絵日記。毎日面倒くさかった」

話題がそれてホッとしたところに、加藤が爆弾を落とす。

「それで花言葉まで調べたなんて、すごいな。やっぱり、女の子はそういうの好きなのか」

「それは、友だちが……その、たまたま好きで。なんとなく記憶に残ってて」

咲良はきまり悪そうに言葉を濁す。宇喜多は顎に手を当てて考え込む。

「花言葉でないとしたら、なんでしょう？　単純に花を飾って応援しているのでしょうか？」

「でも、花のないときもあるけど」

加藤がスマホの写真をスクロールしながら首を傾げる。アサガオやアズマギクは愛らしい花がついているが、オジギソウや菩提樹は葉だけだ。

「俺宛てっていうのが、そもそも間違い……やっぱり自意識過剰だったかな？」

「そんなことないですっ」

反射的に咲良が叫ぶ。宇喜多と加藤に驚いた表情で見つめられ、咲良はとっさに取り繕う。

「だ、だって毎朝藤棚にやってくるは加藤さんだけでしょう？」

本音は麻薬取引や不倫の連絡網であってはならない。そうだとしても、加藤へのエールとしておきたい。犯人ではなく、あくまでも応援者の可愛いイタズラにとどめておきたいのだ。

「っていうかさ」

加藤が笑いながら言う。

「それだと俺が犯人で、自演しているって言ってるみたいじゃない？」

「え？」

「だって、毎朝来ているのが俺だけって」

「具体的には何時ぐらいに？」

「八時前後かな」

「八時……」

咲良はゆっくりと宇喜多のほうに顔を向ける。

「毎日、早朝に植物園に来ていて、尚且、植物園の花や葉を採っても疑われないという……」

「僕が犯人ですかっ⁉」

宇喜多が悲壮な表情で叫ぶ。

「地球上の植物に誓います。僕は犯人じゃありません」

「別に疑っていません。可能性を言っただけです」

神でも人でもなく、植物に誓うあたりが宇喜多らしい。

宇喜多は犯行に関われるが、彼がそんなことをするとは端から考えていない。

「すみません、俺が変なこと言ったばかりに」

加藤が恐縮して肩をすぼめる。宇喜多が慌てて否定する。

「加藤さんはなにも悪くありません。確かに気になる案件ではあります。しかし、故意に汚されたり落書きされたりするのは犯罪ですが、柱に花を飾るのは許容範囲といたしましょう」

「それは、このまま放っておくってことですか？」

咲良の驚愕(きょうがく)と非難が混じった質問に、宇喜多は腕を組んで考え込む。

「花澤さんの危惧はもっともです。実害がないとはいえ、植物園の草花が傷つけられたのなら看過できません。とはいっても、解決の糸口がないのも現状です。どうしたものでしょう？」

「やはり、私が夜通し――」

見張ります、という咲良の言葉を宇喜多が遮った。

「ただ植物を飾ったのではなく、そこにメッセージがあるのなら、それを解いてみましょう。犯人の心理を」

「具体的には？」

んー、っと宇喜多が唸る。代わりに加藤が提案する。

「挿してあった植物を整理してみてはどうかな？　そこからなにかわかることがあるかも」

宇喜多が大きくうなずいて、加藤に向き合う。

「もう少し詳しくお話を伺ってもいいですか？　あ、忙しいのであれば、もちろん断っていただいても」

「ぜひ、協力させてください。いや、むしろこちらに協力していただき恐縮です。ありがとうございます」

　事務所では狭いので、三人は藤棚の下、ベンチに向かい合って座る。各々の前には、すぐそばの自動販売機で購入した飲み物が置いてある。これは会議費です、と宇喜多が堂々と経費で買ってくれたミルクティーのペットボトルに、咲良は遠慮がちに手を伸ばす。宇喜多の前には緑茶。加藤が選んだのはブラックコーヒーの缶。

　日差しは強くなってきたが、藤の葉が涼しい影を作って三人を守ってくれている。ミルクたっぷりの甘い紅茶で喉を潤して、咲良は改めて宇喜多に問う。

「で、どうするんですか？」

　宇喜多は事務所から持ってきた咲良との連絡ノートと、真っ白なコピー用紙をテーブルに広げた。

「まずは、日付順に植物を並べてみたいと思うんです。最初は加藤さんに対する応援の意味を持った植物を挿してあるだけと思いましたが、アサガオの花言葉を聞いて、個々の植物ではなく、飾られた順序に意味があるのではないかと」

　宇喜多はペンを持ち、日付を縦にふり、その横に咲良が記載した植物名を記載していく。

「花澤さんが最初に気づいたのは先々週の火曜日、ケイトウですよね」

「俺もです。前日にはなにもありませんでした」

加藤がスマホをテーブルに置いて断言する。

「なら、始まりはケイトウからということで間違いないかと」

宇喜多がペンで頬を軽く叩(たた)きながら、加藤に尋ねる。

「この日、あるいは前日になにか変わったこととかは？」

加藤はしばし腕を組み考え込む。

「思い当たることはなにも、というか記憶に残るようなことはなかったといったほうが」

「火曜はケイトウ、水曜はアマドコロ、木曜はウグイスカズラ、金曜はオジギソウ、土曜は……」

「菩提樹。挿さっていたのは葉っぱだけですね」

加藤のスマホをのぞき込んで確認する。一本の枝に瑞々(みずみず)しい緑色の葉七枚ほどついている。

「日曜はミニヒマワリ」

咲良は土日休みなので、菩提樹の葉とミニヒマワリを直接見ていない。

「そして、先週の月曜日にはアサガオですね。で、火曜にタニワタリ、水曜にアズマギク、木曜にブルーポテトブッシュ、金曜にオモト」

宇喜多が業務日誌と加藤の写真をすり合わせる。

「土曜にオキザリス、日曜にベニバナ。で、今日の月曜がツリフネソウ」

「犯人は土日も休まずに、毎日植物園に来ているってことですか？」

咲良はまるで宇喜多のようだと、半ば呆れる。

宇喜多は腕を組んで答える。

「そうみたいですね」

「なら、ますます俺が犯人みたいだな」

加藤の自嘲する笑みに、宇喜多もしょんぼりと言う。

「僕も同じ条件です。しかも、僕はだいたい七時、加藤くんよりも早く来園しています」

宇喜多が恐れるように咲良をちらりと見る。

「大丈夫です。宇喜多さんを疑ってなんかいません」

咲良がキッパリと言うと、宇喜多が心から安堵し、ちょっぴり複雑な気持ちになる。

咲良にとっては、犯罪性さえなければどうでもいい。

加藤は「あっ」と、小さく声を上げて立ち上がった。

「すみません。俺はそろそろ大学に行かないと」

「加藤さん、大学生だったんですか。でも、今からで大丈夫なんですか？」

　学校は朝から行くものだと思っている咲良が驚いて尋ねる。

「うん。今日の授業は午後から。うちの大学の文学部は、わりと自由にカリキュラムが組みやすいんです」

「文学部って、小説とかを勉強するんですか？　小説がお好きなんですか？」

　加藤は肩を竦（すく）める。

「まあ、小説は好きかな。専攻は文学部日本文学科。近代日本の文学を研究している、ことにしてます」

「すごいですね」

「すごくなんかないですよ。スポーツ推薦で入ったから、練習時間を十分に取るために、カリキュラムの自由度が広い文系を選んだんです。でも、選手として役に立たなくなった自分は大学に在籍する意味も、走る意味もあるのかなって……思います」

　そっと目を伏せる加藤に、なにを言えばいいか咲良は戸惑う。無言の気まずい雰囲気を壊したのは宇喜多だった。

「走るのは辛（つら）いですか？」

　加藤はしばらくうつむいたまま、考え込んでいるようだ。やがて顔を上げて、泣き笑いのような表情をする。

「走るのは嫌いじゃないけど、結果を求められるのが、ただ辛いだけなんだと思う」

「なら、走るのだけは続けられるのなら、続けたらいいと思います。健康にも良いし、美しい花を眺めながら走ると心も元気になりませんか？」

宇喜多がにこやかに提案すると、加藤は小さくうなずく。

「そうですね。この植物園を走るのは気分がいい。迷いはまだあるけれど、植物園を走るルーティーンは続けます。柱の植物の謎もあるし」

「私も頑張って謎を解きます！」

励ますつもりで咲良は胸の前でガッツポーズを作る。

「うん、ありがとうございます。頑張って謎を解きましょう」

加藤が優しく微笑む。

出勤すると、いつも通りに宇喜多がふーちゃんを構っていた。

「おはようございます」

咲良が声をかけると、待ってましたとばかりに満面の笑顔で花を差し出す。

「おはよう、花澤さん。今朝はツリフネソウの花が挿さっていました」

赤紫に近い濃いピンク色の花は、変形したラッパ型の個性的な姿だ。葉は縁がギザギザで菱形に近い。

宇喜多が鳥かごの隙間から指を差し込み、ふーちゃんの頭を撫でようとして、突かれる。突かれた指をさすりながら、にこやかに声をかける。

「では、営業部長、よろしくお願いしますね」

「ふーちゃん、部長に昇格ですか？　私よりも立場が上ですね」

言ってから、咲良はしまったと後悔する。嫌味と捉えられただろうか。宇喜多がショックを受けた顔になる。

「あ、いえ、あの」

取り繕うとするが、いいフォローの言葉が見つからない。

「確かに……。部長なら僕よりも上ですね」

そっち⁉　と、咲良は安堵というより脱力する。ふーちゃんは我関せずと餌をつついている。

自分のボスは鳥かっ、と心の内でツッコミを入れると、さらに斜め上のことを宇喜多が告げる。

「まあ、そもそも植物園に務める僕たちは、植物の家来みたいなものですから」

上司は人類どころか、動物ですらなかった。

咲良は脱力したまま、図鑑を手に取る。重たいページを捲ってツリフネソウを探す。

「花澤さんは勉強熱心ですね。感心します」

弾むような声で、大げさに宇喜多が褒める。

「まるで研究者か探偵さんですね」

「だって気持ち悪……いえ、気になるじゃないですか」

宇喜多の笑みが苦笑いになる。

「熱心なのはありがたいことです。植物の知識も増えるでしょうし。さて、花澤さんも来てくれたし、僕は園内の見回りに行きます。今日は時々小雨が降るようなので、ふーちゃんに気をつけてあげてください」

「はい、わかりました」

「後ほど、強力な助っ人が来ますから、あまり根を詰めないように」

「強力な助っ人？」

「はいっ」

太陽のような宇喜多の笑顔に不吉な予感がするが、咲良は無理やり気にしないことにした。その勘は当たっていたと、後に知るのだが。

宇喜多が去っていくと、咲良は鳥籠を売店の入り口に吊るして、自分は藤棚の下で再び図鑑に目を落とす。

「構造……被子植物、裸子植物とかは関係ないかな。一年草、多年草、両性花、単性花……生物で習った記憶がある。復習しているみたい」

咲良はテーブルの上の、小さく可憐なピンクの花を睨みつける。

「まさか犯人は、私に植物の勉強をさせるために……」

「少年老イ易ク学成リ難シ！」

売店入り口に吊らされた鳥籠から、ありがたい教えが届く。

咲良は睨む先をツリフネソウから鳥籠に移動させるが、うまい反論が思いつかず、そもそも鳥相手に真剣になるのが馬鹿らしいと無視を決めた。

いつもの通り、売店をのぞき込む人はたまに来るが、ドアのガラス越しに眺めて去っていく。中には九官鳥が珍しいのか、ふーちゃんを眺めたりしゃべりを聞いていたりする者もいる。しかし、売上にはまったく貢献していない。

頼りない営業部長だ。

「今日は外でお勉強？」

顔を上げると常連キング、いや女なので常連クイーンの前田が、持っていたエコバッグをテーブルに置くと、少し間を開けて咲良の隣に腰を下ろす。

「こんにちは、前田さん。今日は野菜がお買い得だったんですか？」

エコバッグから伸びている長ネギを見て言う。バッグの形状から、ニンジンやジャガイモも入っているようだ。

「今日は青果デーだったの。明後日は精肉デーよ。今日のように天気がいいと助かるわ」

賛同するように藤の葉が揺れて、爽やかな風が休憩所を吹き抜けていく。

「梅雨が来るまでの貴重な季節ね。家の中にいるのはもったいないわ」

「そうですね。梅雨が来たら湿気るし、明けたら暑いし」

売店の中に閉じ込められるような日々になるのかと想像すると、ちょっと憂鬱になる。

そんな中でも、やはり宇喜多は園へと出ていくのだろうか。

「行くんだろうなぁ」

「なにが？」

「あ、いえ、なんでもないです」

つい漏らしてしまった言葉に、咲良は慌てて誤魔化す。

「あら、可愛い花ね。なんていうの？」

前田がツリフネソウに顔を近づける。

「ツリフネソウです」

即答すると、前田が手を叩く。

「さすがねぇ。まだここに来て二ヶ月も経っていないのにすごいわ。若いから覚えがいいのね。私も歩きながら花の名前を見て覚えようとはしているんだけど、次の日には忘れちゃうわ。もう何年も通っているっていうのに」

「今、ちょうど調べていたところだったので」

「どの辺りで咲いているの？　ちょっと見て帰ろうかしら」

「すみません。場所までは。調べます」

事務所にある植物地図には、園に植えられている花の一覧と場所が細かく記載されている。

立ち上がろうとする咲良を、前田が手を振って止める。

「いいの、いいのよ、そこまでしてくれなくても。ブラブラと歩きながら探すわ」

「すみません」

宇喜多や島津なら即答できるんだろうなと思うと、悔しいような情けないような気分になる。

なんて思っていると、つむじに視線を感じてなんとなく振り返ると、不機嫌そうな島津が背後に立っていて、悲鳴を上げそうになった。

仕事をさぼって姦しくおしゃべりでもしている、なんて誤解されたんではないかと思い、とっさに言い訳するよう口を開く。

「ちょうどよかった。島津さん、ツリフネソウがある場所を教えてください」

咲良はテーブルの小さな花を指差す。

島津は咲良と前田の間に腕を滑り込ませて、ツリフネソウをつかみ取り、目の前に持ってきて確かめるように角度を変えて見回す。

「植物園にツリフネソウは生息していない」

「え？」

咲良とともに、前田も驚く。

「花は……覚えていないけれど、植物名を見た記憶は確かに」

間髪入れずに島津が言う。

「ツリフネソウではなく、ツリウキソウの間違いじゃないか」

「ツリウキソウ？」

「植物園の南側、野草のエリアにある」

島津は不愛想に言いながら咲良が使っていた図鑑を手に取ると、素早くページを捲りだし、前田の前に開いた本を差し出す。

「ああ、これ確かに見たわ」

前田の弾んだ声に、咲良ものぞき込む。

低木に濃いピンク色の花。広がったガクから花びらが垂れ、雄蕊雌蕊が飛び出している個性的な姿をした花が、イヤリングのようにぶら下がっている。確かに植物園にある花だ。

ツリフネソウの花とは、全然違う形をしていた。

「素敵な花よね」

前田が立ち上がってエコバックを肩にかける。

「少し遠回りして、この花を見てから帰るとするわ」

前田が去っていってしまうと、気まずい雰囲気が流れる。と、感じるのは咲良だけかもしれないが。

「あの……島津さん、なにかご用でも?」

すきを窺(うかが)うように尋ねれば、島津は面倒くさそうに答える。

「添削を頼まれた」

「添削……って?」

島津は無言で咲良が作ったノートを手に取り読み始める。抗議する間もなく、島津が言った。

「写真、見せろ。あと、一覧表も」

桜の目の前に、ごつい右手が伸びてくる。有無を言わせない圧力に、咲良は不本意ながら写真を表示させたスマホを彼の手のひらに乗せる。

島津がスマホをスクロールしながら、咲良が作った表と見比べている。

添削って、宇喜多は島津になにを依頼したのだろうと訝りながら、咲良は居心地悪く黙っている。

流れるようにスマホの画面を滑っていた指が止まる。島津が食い入るように画面を見つめている。指先の動きから、画面を拡大しているようだ。

「あの、なにか？」

咲良は遠慮がちに声をかける。

島津は注意深く画面を確認してから、ゆっくりと咲良が作った一覧表に人差し指を落とす。

「アマドコロじゃない。これはナルコユリだ」

「ナルコユリ？　宇喜多さんはアマドコロって」

「似ている植物だから、宇喜多さんも自信がなかったんだろう。だから俺を呼んだのかも」

島津はシャツの胸ポケットから取り出したボールペンで、有無を言わさず二本線でアマドコロを消し、小さな余白にナルコユリと記す。

自分が作った資料にいきなり書き加えられるのは気分が悪いが、たった今、ツリフネソウとツリウキソウの間違いを指摘された咲良に異を唱える勇気はなかった。

「どこが違うんですか？」

「茎が違う。アマドコロには太い筋が入っている。それから花」

イヤリングのようにぶら下がっている釣鐘型の白い花は、図鑑のアマドコロと一緒に見える。

「ナルコユリは鳴子と名前にある通り、複数の花をつけるが、アマドコロは一輪か二輪」

よーく目を凝らすと、手前には二股に別れて二輪の花が仲良くぶら下がっているが、その奥にぼやけて見える花は四輪が一緒に咲いている。手前のはっきり見える花しか気にしていなかったので見逃していた。見ていた所で、咲良にはそれをナルコユリだとは気づけなかっただろう。

島津はしばらくスマホの写真と咲良の作った一覧表を手にとって見比べていたが、やがて両方をテーブルに置いた。

「以上だ」

ぶった切るように言って立ち去ろうとする島津を慌てて引き止める。

「ま、待ってください。他に宇喜多さんからなにか聞いていませんか？」

宇喜多は力強い味方って言っていたのに、まさかここで終わりなんて。一緒に謎解きを手伝ってくれるのではないのか。

だが、島津は怪訝な表情をして、そのまま去ってしまった。

愕然とする咲良。

「本当に添削だけして帰った。どこが力強い味方なの？」

しばし、島津に訂正された一覧表をぼーっと眺めいたが、やがて気を取り直す。

「まあ、収穫がゼロだったわけじゃないし、間違いが訂正されただけでも前進と言えなくもないか……」

咲良は図鑑を捲り、新しく聞いた植物、ナルコユリについて調べる。

アマドコロに似ていて同じユリ科。微妙な違いがわかったところで、この謎を解く鍵になるとは思えない。

「わからない。でも……」

咲良はピンク色の花を手に取る。

「ここにツリフネソウがないなら、わざわざ探して植物園に持ってきたってことか。そこまでして、ここに飾りたい理由って？」

植物園の花が不当に摘まれたのでないと安堵する一方、新たな疑問が浮かぶ。

ツリフネソウを注意深く観察したり、図鑑を読み込んだりして、ほぼ一日中考えていたが何一つわからない。

やがて宇喜多が戻って来て、もうすぐ退社時間だと気づく。

「お疲れ様です、花澤さん。今日は島津くんが来たでしょう？　なにか進展はありましたか？」

「あったような、なかったような」

咲良は遠慮がちに宇喜多に一覧表を差し出す。

「アマドコロではなく、ナルコユリだそうです。それ以外は特になにも」

「そうですか」

宇喜多が一覧表を手に取り、なにやら考え込んでいるようだ。

二人の間に、時が止まったような沈黙が落ちる。

「ゴクロウサマ」

ふーちゃんがそれを破った。

「ふーちゃん」

宇喜多が弱ったように笑い、そして真顔になる。

「鳥……」

宇喜多がふーちゃんを見つめたまま、石像のように固まっている。

「宇喜多さん？」

「なるほど。そういうことですか」

宇喜多が子どものように無邪気な笑みを浮かべる。

「ふーちゃんがしゃべるのを聞いて閃きました。鳥、鳴く、です」

全然わからない。咲良は眉間にシワを寄せ首を傾げる。

「これは確かにメッセージです。そして、それももうすぐ終わります。だから花澤さんはなにも気にすることないですよ」

「メッセージって、誰に対してですか？」

「加藤くんだろうね」

意味がわからずに怪訝な表情で更に質問しようとする咲良に対して、宇喜多が先に口を開く。

「あ、いや、加藤くんだけでなく、ここに通う人たちに向けてなのかもしれない。いや、このメッセージを見ることができるのは、やはり加藤くんと、僕たちか。だとしたら、咲良さんにも宛てているのかな？」

「私っ⁉」

咲良自身がメッセージを受け取る覚えがない。そもそも誰が？

「加藤くんが来たら、植物の名前に注目してくださいと伝えてくれますか？」

「鳥に関わることと、植物の名前？」

「加藤くんは文学部ですし、たぶん気づいてくれると思います」

宇喜多は自信たっぷりに言う。

同級生と比べれば、本は読む方だと思っている。だが、公務員試験に多くの時間をとっていた咲良は、読書少女とまではいえないと自覚している。が、なんだか悔しい。

次の日、誰にも頼らず謎を解いてやると意気込んで出勤すると、売店に入る前に水飲み場に向かう。

そこには楕円形の葉を持つ茎が二本挿さっていた。花がないので地味だが、緑の葉が瑞々しく爽やかな印象を与えた。

すでに加藤と宇喜多は目にしているだろう。

咲良はスマホで写真に収めると、そっと植物を抜き取って、色々な角度から眺めたり匂いを嗅いだりしたが、際立つ特徴はない。

なんの植物だか皆目検討がつかない。

さきほどまでの意気込みは枯れた椿のようにポトリと落ちてしまう。潔く諦めて宇喜多に助言を請うこととした。

「おはようございます」

挨拶しながら売店のドアを開ければ、いつものように宇喜多がふーちゃんを構いながら咲良に顔を向けて挨拶を返す。

「これ、なんの葉だかわかりますか？」

「藍だと思います」

すでに朝、確かめたのだろう。咲良の手をちらりと見ただけで宇喜多は答えた。

「あい？」

「昔から紺色に染色するのに使う植物です」

あの藍かと、咲良は手の中の葉を見つめる。

「少し葉を傷つけて、すりつぶしてみてください」

咲良は言われたとおり人差し指と親指で葉を引っ掻いたあとにすりつぶしてみる。

「わ、指が青っ！」

「やっぱり藍でしたね」

「え？　わかっていなかったんですか？」

宇喜多が申し訳なさそうに眉尻を下げる。

「藍はタデ科イヌタデ属の一年生植物で、見た目ではイヌダテとの見分けが難しいんですが、そうやってすりつぶして藍色の汁が出れば藍だとわかります」

つまり私で試したってことか、と咲良は青黒く染まった指先を睨む。そして、この色が日本伝統の藍色を生み出してきたのかと、少し感動もする。

「イヌダテではだめなのです。ここは藍でなくては。加藤くんはメッセージを受け取れましたかね？」

まるで宇喜多に返事をするかのように、咲良のポケットに入っていたスマホが震えた。青黒い指先を気にしながら取り出すと、加藤からのメール。

「まだ、受けとれていないようですよ。今朝の植物の名前を尋ねています」

咲良は加藤にメールの返信をする。今朝の植物は藍だと。鳥に関わること植物の名前がヒントだというのは昨日すでにメールした。

「あとはイヌとカスミかな。どの植物を当ててきますかね」

宇喜多が歌うように言いながら指を折り曲げる。

咲良は自分で作った一覧表を見返し、「ケ、ナ、ウ、オ……」と頭文字を並べてみたがわからない。首をひねる咲良に、宇喜多が遠慮がちにヒントを出す。

「漢字で書いてみると、もう少しわかりやすいですよ。でも、そもそもの歌を知らなくては解けませんけど」

「歌っ!?　これなにかの応援歌の歌詞なんですか？」

加藤の通う大学の応援歌？　それともスポーツ大会や復興支援で流される有名な歌手の曲？

「ちょっとはシャレも入っていますが。歌を知っていたら、最初の鶏頭と鳴子百合で予想がつくと思います」

　宇喜多が鳥籠を軽く突く。

「ふーちゃんもヒントの一部だったのかもしれません」

「ふーちゃんが？」

「桃栗（モモクリ）三年柿（カキ）八年柚子（ユズ）ノ馬鹿メ十八年」

　まるで計（はか）ったかのように、激しく存在をアピールするふーちゃん。

　宇喜多が苦笑しながら、鶏頭と鳴子百合を指す。

「鳥に鳴く。鳥啼歌（とりなうた）というのがあるんです」

「有名なのですか？」

「いろは歌に比べれば、知名度は低いと思いますよ」

「いろは歌、ですか？」

「そう。すべての仮名を重複せずに使っているんです。ええと、ちょっと待ってくださいね」

　宇喜多がポケットからスマホを取り出して検索しだす。

「これです」

　鳥啼く声す　夢覚ませ　（とりなくこゑす　ゆめさませ）

見よ明け渡る　東を　（みよあけわたる　ひんかしを）
空色映えて　沖つ辺に　（そらいろはえて　おきつへに）
帆船群れゐぬ　靄の内　（ほふねむれゐぬ　もやのうち）

「鳥が鶏頭。鳴くが鳴子百合」

「ウグイスカズラは？」

「鶯(うぐいす)で声じゃないかな。オジギソウは別名眠り草。だから夢。菩提樹は釈迦(しゃか)が悟りをひらいた樹なので、覚ませという意味ではないかと。ちょっと強引ですね」

「ミニヒマワリは？」

「向日葵(ひまわり)で太陽の方を〝見る〟、アサガオは明け方咲くから〝明け〟、タニワタリが〝渡る〟、アズマギクが〝東を〟」

「ブルーポテトブッシュが〝空色〟で、万年青(オモト)は〝栄えて〟？」

「万年青の名の通り、いつも青々とした葉をしている事から長寿や健康を司る縁起の良い植物といわれているから、そこから〝栄え〟なのでしょうね」

「答えがわかっても、連想するのが難しいですね」

　宇喜多は植物の知識があるからうまく連想できるようだが、咲良には答えがわかっても植物と歌を結びつけるのがイマイチ難しい。

「オキザリスは漢字にできないので、頭の〝オキ〟が〝沖つ〟の代わりでしょうかね、紅花は……ベニで〝辺に〟なのかな。釣船草は〝帆船〟で藍が〝群れ〟」

「どうして藍が〝群れ〟に？」

「藍なら群青色を連想させるので〝群れ〟かなと」

「残りは〝居ぬ〟と〝靄の内〟ですね。二日で終わるのでしょうか？」

「そう思います。とにかく犯罪性はないので安心してください。きっと誰かが、加藤くんを励ますメッセージを送ったのです。優しい花好きの犯人ですから、園の植物を傷つけたりはしていないと思いますよ」

宇喜多はなんだか楽しそうに、指先で藍の葉を揺らした。


期待と不安を胸に抱えながら、咲良は藤棚の下で加藤を待つ。

昼休みになる直前に彼はやって来た。これから大学だろうか、重そうなリュックを背負って、手にもファイルケースを持っている。

「わかりましたか？」

咲良が尋ねると、加藤が照れくさそうに頭をかく。

「たくさんヒントをもらったからね。一人だったら絶対に解けなかった」

鳥啼歌までたどり着いたようだ。

「いつまでも寝ているな。さっさと夢から抜け出して、海原に漕ぎ出せ、ってことですよね」

「走るの……続けるんですか？」

うーん、と加藤は腕を組む。

「続けるっていうか、もう習慣になっちゃってますし。だから、やれるだけやってみようと」

よかった。

謎が解けて、植物を確かめる必要がなくなったら、もう植物園には来なくなり、走ることも辞めてしまうのではと心配したが、杞憂だった。メッセンジャーの願いも企みもちゃんと効いたようだ。

「いろいろありがとうございました」

「いえ、どういたしまして」

「桃栗三年、柿八年」

ふーちゃんが己の存在をアピールする。

「そうだった、キミにもお世話になった……かな」

「岩ノ上ニモ三年」

「すみません、うるさい鳥で」

「いやいや。もしかしたら一番の功労者かもしれないし」

加藤がふーちゃんに向かって手を振ったが、まるっと無視された。彼は肩を竦めてから、爽やかに立ち去っていった。その背中に優しい緑の手が添えられているような気がした。

第3章

森には怖いお化けがいる。
子どもを食べるお化けがいる。
だから、決して入っちゃだめよ。

言われなくとも、真っ暗な緑の闇に入っていく勇気なんてなかった。
森の中にお化けがいるのではなく、森自体がお化けなのではないかと疑っていた。
大きな緑の山が、じっと村を見下ろして生贄(いけにえ)を狙っている。
ここは緑に囲まれた怖い場所。緑が外の世界を遮断している。
古民家の庭に咲く花も、畑の野菜も、森の仲間に思えて怖かった。
——なにを怖がっているの？
母が優しく咲良(さくら)の頭を撫(な)でる。
——ママのそばにいれば大丈夫。ほら、きれいな花でしょう？
透き通るような青い花を咲良に差し出す。
咲良は花よりも、白くてか弱そうな母の手を見つめる。美しい手は村に来ると、傷だらけになってしまう。

――どうしたの？

いつまでも花を受け取らない咲良に、母が不思議そうに目を瞬く。

低い声が咲良を呼んだ気がして顔を上げると、母のずっと背後にある緑の山が震えた。

山は呼吸するように膨張収縮を繰り返しながら、少しずつ大きくなっていく。

違う。

大きくなっているんじゃない、近づいてきている。

咲良は母の手を握って引っ張った。

緑のお化けがやってくる。

どうして？

子どもしか食べないんじゃないの。

「逃げなきゃ」

母の手を掴んで走り出す。小さな足では速さに限界がある。土の道はデコボコで何度も転びそうになりながらも、母の手を引いて必死に走る。

走りながら、母の手に温もりがないことに気づく。走りながら振り向くと、母の姿はなかった。

母の手を掴んでいたはずの咲良の右手にあるのは青い花だった。

母はずっと遠いところ、二人が元いた場所に立っていた。

背後の巨大な緑はどんどん近づいている。

「ママ！　後ろっ！」

母は背後に迫る化け物に気づいていないようで、咲良に向かって微笑んで手を振っている。

音もなく母の背後に迫った緑の闇が彼女を飲み込みだす。

ゆっくりと緑に埋もれていく母に向かって咲良は泣き叫ぶ。

「ママ！　ママ！」

母は最後まで微笑んでいた。

微笑みながら緑の中に消えていった。


叫ぶ自分の声で、咲良は目覚めた。

「夢……」

ベッドからゆっくりと抜け出す。大きくあくびをしてから部屋を出た。

「久しぶりに村の夢を見たわ」

母が緑のモンスターに飲み込まれる夢。

「ハリウッド映画か……」

自分でツッコミを入れて笑ってしまう。

リビングに入るとカレンダーが目に入った。今月末に父が帰宅する赤丸の印。

「だから、あんな夢を見たのかな」

咲良は大きくため息をつきながらベッドを出る。顔を洗って身なりを整えると朝食と弁当の用意をする。昨晩に予約タイマーをかけていた炊飯器は、少し前にすでに米を炊き終えている。

弁当はだいたい夕飯の残りと、作りおきのおかずを詰めるだけ。

炊きたてのご飯はまず仏飯器に盛る。

それを仏壇に持っていって供えて、ロウソクに火を灯し、二本の線香を手に取る。火をつけると、白檀の香りが流れだす。

線香を香炉に立てて、りんを二回鳴らす。

チーン、と長く細い金属音が家中に広がっていく中、咲良は合掌して目を閉じる。

今日も無事に過ごせますように、と心のなかで唱えて目を開けると、位牌の横にある写真の母と目が合う。

はにかむように微笑む少女のような母。

あと十年経てば、咲良は母の年齢を追い越す。

「さて、さっさと支度しなきゃ」

気合を入れるように立ち上がり、朝食を摂る。

朝は卵かけご飯か納豆ご飯。これは子どもの頃からの習慣と言ってもいい。まだ幼かった咲良でも作れたレシピ。しかし、栄養価は高い。プラスして、昨夜の味噌汁が余っていたらそれを、なければインスタントのものを飲む。そこに市販の漬物やヨーグルトを添えれば、乳酸菌まで摂れる、簡単でありながらバランスのよい理想的な朝食だ。パンで洋風な朝食にすることもあるが、咲良の朝は母が亡くなった八年前からほぼ変わらない。

「いってきます」

玄関からは見えないけれど、母の位牌に向けて言う。

咲良は唖然と、薄紫のバラの前で立ち尽くす。

「嘘でしょ……」

鳥啼歌は昨日のカスミソウで終わったはず。

「謎を解いた私たちへのご褒美のつもり？」

それとも早朝のメッセージはまだ終わらないのだろうか？

「今日から二曲目、とか？」

　柱に挿されたバラを引き抜き、売店に駆け込む。

「宇喜多（うきた）さん、大変です！」

「おはようございます。どうしました？」

　ふーちゃんを構っていた宇喜多がのんびりと尋ねる。

「これっ！」

　咲良は宇喜多の目の前にバラをかざす。

「バラですね」

「バラですね、じゃなくて」

「ラブリーブルーという品種です。上品なラベンダー色とブルーローズの香りで人気があるバラです。植物園にもありますよ」

　のんきに答える宇喜多に、咲良はつい声を荒げてしまう。

「そうじゃなくて、事件がまだ続いているってことですよっ！」

　宇喜多は咲良を落ち着かせるように手のひらを向けて笑顔を作る。

「大丈夫ですよ。きっとそれが最後だと思います」

　咲良はバラを胸の前で握りしめ、目を輝かせる。

「宇喜多さんは、このバラの意味がわかったんですか？」

宇喜多は弱ったような小首を傾げた。

「正解かどうかはわかりませんが二つほど可能性を思いつきました」

「え、どんなっ⁉」

「一つは最後の〝内〟の意味。昨日のカスミソウは霞から靄を連想させますが、内の意味まではないので」

「バラがどうして〝内〟の意味に?」

「こじつけ的ですが、前橋市の花がバラです。県庁所在地という意味では群馬県の中心ですから」

植物の知識は関係なかった。県庁職員である自分は気づくべきだったと咲良は少し悔しく思う。

宇喜多が開かれたままの図鑑に目を落とす。

「飾られたのがラブリーブルーというバラから想像するに、青いバラの花言葉〝夢叶う〟、〝奇跡〟というメッセージを最後に伝えたいのかなと。もしかして両方かな。最後を飾るに相応しい理由だと思うのですが」

「本当に最後ですかね?」

「明日になればわかりますよ。それでは売店とふーちゃんをよろしくお願いします」

宇喜多が売店を出ていくと、咲良は手のバラをドライフラワーにするか店に飾るか迷う。

「一輪だけドライフラワーにしてもしかたないか」

事務所にあったガラスのコップに水を入れてバラを挿し、それを棚の中心に飾った。

「いいじゃない。一輪花があるだけで、少し見栄えがよくなった気がする。……どうせ、見てくれる人なんていないだろうけど」

「枯レ木モ山ノ賑ワイ」

「あんたがしっかり客を呼べばいいのよ、営業部長」

鳥籠を持ち上げながら、咲良は大事なことに気づく。

飾られた花の謎はほぼ解いたが、犯人をみつけていない。咲良は眉間にシワを寄せて考え込む。

「今日で本当に終わるのであれば、深く考える必要はないか」

実害があったわけではない。

咲良は深刻に考えるのは止めて、ふーちゃんを外に吊るしてから、掃除を始めた。それが終わると、植物の勉強という名の暇つぶし。

いつものルーティーンだ。

今日はなんとなく植物園に出ていく気になれなくて、レジ前のイスに座って植物図鑑を読み始める。バラのページを捲ると、そこには数ページにもわたって色も形も開花時期も様々なバラが所狭しと載っていた。

「こんなに種類があるんだ」

絶対覚えきれないと思いながらペラペラとページを捲っていると、フラッシュバックのように今朝見た夢の光景が浮かび、バタンと乱暴に図鑑を閉じた。そのまま図鑑の上に突っ伏す。

時折聞こえるふーちゃんの羽ばたきや、誰かの笑い声をＢＧＭに休んでいると、だんだん睡魔が近寄ってくる。

「夢見が悪くて、深い睡眠がとれていないのかな？」

目をこすりながら上半身を起こして姿勢を正す。

暇だからと言って居眠りはさすがに、と思っていても気づけば船を漕いでいて、ガクンと落ちる自分の頭の重みで何度か目覚める。

「イラッシャイマセ」

しわがれた声でハッと目覚める。そして、売店に人がいて驚き飛び上がる。

「い、いらっしゃいませっ」

「あらあら、そんなに驚かなくても」

「……前田さん」

客が顔見知りで少し安堵する。このご時世、店員が居眠りしているところなんて小五月蝿い客に見つかったら、激しいクレームを入れられかねない。そして、ふーちゃんが初めて役に立つことを知った。

咲良は眠気を追い出すように軽く自分の両頬を叩いて、職場に慣れて気の緩みが出てきたのを反省する。

前田は棚の前に立つと、端からゆっくりと商品を眺めて、ちょうど中心のバラに目を留めた。

なにも言わずに、ぼんやりとバラを見つめている前田に咲良は違和感を覚える。

今日の前田は口数が少なく、そしてどこか表情が暗い。

服装は今まで通り、動きやすそうなラフなカットソーにウエストゴムのワイドパンツだが、買い物バッグを持っていない。代わりに初めて目にする小さなハンドバッグ。

声をかけようか迷っていると、前田が小さく息を吐いて咲良の方へ顔を向けた。微笑んでいるが、どこか寂しそうに見える。体調でも崩しているのだろか？

「最近は暑くなってきたわね」

「ええ、そうですね。蒸し暑い日もありますし」

季節の変わり目で、体調でも崩しているのだろうか。

咲良は立ち上がって自分が座っていたパイプイスを前田の横に置く。

「そのバラはラブリーブルーという品種だそうです。上品なラベンダー色で、香りもよくて人気だそうですよ。植物園にもあります」

宇喜田から聞いたことをそのまま横流しする。

前田が鼻を近づける。

「本当、いい香りね。育てるのは難しいのかしら？」

咲良は言葉に詰まる。そこまでは宇喜多から聞いていない。

「すみません、勉強不足で。宇喜多さん、呼びますので少々お待ちを」

「いいって、いいって。お仕事の邪魔しちゃ悪いし」

仕事の振りした趣味だし、来園客の相談に乗るのも仕事だしと反論はせずに、咲良はポケットから取り出そうとしたスマホから手を放す。

前田は種の入った小さな袋を手に取って、丁寧にラベルを読む。

「庭になにか木を植えたいなと思って」

「候補はあるんですか？」

「そうねぇ」

ふぅ……と前田がため息をつき、ゆっくりイスに腰を下ろすと、切り株のように黙り込む。

どんな木の名前が出てきても、咲良ではアドバイスなどできない。やはり宇喜多を呼ぶべきかと、迷いながらも再びポケットの中に左手を滑らせたとき、ようやく前田の口が開く。

「あまり広い庭でないから、大木になるようなものは困るわ。でも、樹齢が長い木がいいわね。あまり手入れが必要でなく、放って置いても育つような丈夫な木が」

前田の視線は目の前にあるバラではなく、どこか遠くを見つめているようだった。口調もいつものチャキチャキした感じではなく、枯れ葉のように頼りない。

「庭の手入れって、大変ですものね。ベランダのプランターで育てる植物さえ、毎日水をやったり面倒なのに」

「そうねぇ」

前田が小さく笑いながら、ちらりと壁時計に目を向けた。

「さて、そろそろ」

前田が立ち上がろうとしてよろける。咲良がとっさに駆け寄る。

「気分がすぐれないなら、少し休んでいったら」

「大丈夫よ。これから予定があるから」

前田はそう言うが、咲良は心配なので植物園出入り口付近まで見送ることにする。

「宇喜多さんに伝えておきます。きっと条件に合う木を見つけてくれますよ」

「ありがとう。よろしくね」

去っていく前田の消えそうな後ろ姿に不安を覚える。

「私なら具合が悪ければ、植物園なんかに来ないで家で寝てるかな。前田さん、なにか悩みでもかかえているのかなぁ」

でも、若輩者の自分が出しゃばったところでなんとかなる悩みならとっくに解決できるだろうし、そもそも前田とは毎日のように顔を合わすが、所詮は店員と客。プライベートに踏み込む仲ではない。

それでも、人懐っこくて明るい前田の存在は、咲良の植物園勤務に対する不満と不安を和らげてくれた。わずかでも力になれるものなら、力になりたい。

前田のこと、鳥啼歌のこと、植物以外のことで気をもんだり悩んだりするなんて、と咲良は自身の力不足を責めるように、ぐりぐりとコメカミに拳を当てる。

「ま、鳥啼歌の件は、明日になればわかるか」

気持ちを入れ替えて売店に戻る。

宇喜多の推理が正しいのかどうか気になって、いつもより三十分も早く出勤した咲良は、足早に藤棚に向かう。

「ないっ！」

柱には、なにも飾られていなかった。

安心して、でもちょっと寂しいような気持ちで売店に入っていく。

「おはようございます」

店では宇喜多がカスミソウの束をドライフラワーにするべく、壁に吊るしている最中だった。少し驚いた表情で振り返った宇喜多は、すぐ笑顔に変わる。

「おはようございます。今日は早いですね」

「柱が気になったので」

「その様子だと、今朝はなかったみたいですね」

「宇喜多さんの予想が当たっていたんですね、きっと」

宇喜多が照れくさそうに笑みを浮かべる。

「そうだ、昨日の宿題、業務日誌に書いておきました。もし、前田さんがいらしたらお伝えください。もっと詳しいことが聞きたいようであれば、遠慮せず僕を呼び出してください」

昨日、前田が庭木を植えたいと相談されたことだ。手入れが簡単で寿命が長い木。

咲良が業務日誌を開くと、ハナミズキやオリーブ、ホンコンエンシスなど数種類の木が書いてあった。簡単な特徴と育て方も。

「前田さん、来園してくれるかな？　元気がないというか、なにか悩みを抱えているようで」

「あの前田さんが……」

そう、あの前田が、だ。

「相談相手でも欲しくなったのでしょうかね。植物はなにも言わないけれど、だからこそいい相談者になることもあるんですよ。あ……」

それは咲良にとってタブーだと気づき、宇喜多は剪定鋏や栄養剤など必要な造園セットが入ったバケツをすばやく手に持つ。

「では、僕は植物の手入れをしていますので」

逃げるように事務所から出ていこうとする宇喜多に、咲良は慌てて待ったをかけた。

「あの、宇喜多さんっ」

宇喜多が恐れるように、ゆっくりと振り返る。

「私、土日勤務も構いませんから」

責められると思っていたのか、宇喜多は咲良の言葉がまったくの予想外だったようで、呆けたように立ち尽くし目を瞬かせる。

「え、でも、土日はお友だちや、ご家族と過ごしたほうが。僕は独身ですし、友だちは……まあ、平日でも会えるので」

その友だちは人類ですか、という疑問はとりあえず置いておく。

「いえ、大丈夫です。それにイベントは土日にしたほうがお客さんも集まるでしょう。それなら、私も勤務します」

月末に戻ってくる父とは、なるべく顔を合わせたくない。

そこで考えついたのは、仕事があるふりをして逃げること。

父も仕事を理由にずっと家を空けているのだ。咲良が同じことをしても責められないはずだ。

馬鹿正直に植物園には行かず、真由美（まゆみ）の家に遊びに行くことも考えた。だが、父が咲良の職場に興味を持ち植物園に来ないとも限らない。

自分の父に限っては百パーセントないと思っているが、万が一の予防線だ。

「いえ、むしろ働かせてください。なんなら月末まで休みなしでもいいです」

宇喜多はプチトマトのような丸い目と口をしてから、慌てて手をふる。

「いえいえ、普通に労基法違反ですよ。僕、クビになってしまいます。というか、どうしたんですか？」

「じゃあ、週末事務所に泊まってもいいですか？」

宇喜多が眉間にシワを寄せて、二人きりなのに小声で尋ねる。

「差し出がましいと思いますけど、ご家族となにかあったんですか？」

「どうしてそう思うんですか？」

「だって……普通に家出したい、ってことですよね」

ズバリ指摘されて、咲良は十秒ほど考える。

「いえ、宇喜多さんのように、毎日植物の近くにいれば好きになれるかもと」

「それは遠回しに僕を非難しています？」

「まさかっ」

宇喜多は戸惑う様子でしばし思案していたが、なにかを悟ったのか咲良に笑みを向ける。

「必要になればお願いします。でも、無理はしないでくださいね」

宇喜多が出ていくと、ふーちゃんと二人きりになる。

「加藤（かとう）さんはバラの意味も解けたのかな？」

水飲み場に新しい植物は挿さっていなかったのだから、宇喜多の推理がたぶん正しいのだろう。

昨日からいろいろと考えてしまって、朝から重たい気分になりながらふーちゃんに話しかける。

「あんたは気楽でいいよね。餌貰（もら）って、好きにしゃべっていればいいんだから」

餌をつついていたふーちゃんが頭を上げて咲良を見る。

「時ハ金ナリ」

「あんたに言われたくないわ」

いったい誰がふーちゃんに豊富な言葉を教えたのだろうか？

「さて、仕事、仕事」

気合を入れるように口にして、咲良はエプロンを着け、ブラウスの袖を捲る。制服はないが、エプロンに〝鶴舞う形の群馬県〟のシルエットと四季島公園の文字で、咲良が客ではなく職員だということがわかるはずだ。ちなみに咲良のポケットマネーで作ったオリジナル。無地のエプロンを買って、印刷屋にお願いした。これで服も汚れず、県職員の腕章の代わりにもなるからピンで生地が傷むのも防げる。

前田がやって来たときのためにメモをレジの脇に置き、植物図鑑とノートを持って売店を出ていく。

バラエリアまでやってくると、まるで呼ばれたように、ラブリーブルーが目に飛び込んできた。近づいていくと、ふんわりとローズの甘い香りが鼻孔をくすぐる。

「これが昨日の、最後の花」

初夏の風に震える花びら。名前にブルーと入っているが、実際の色は薄い青紫。単体で見ると上品で美しい花だが、鮮やかな赤やピンク、黄色のバラに囲まれると、地味で存在が薄くなる。

花を飾り続けた犯人は不明のままだ。だが、悪い人とは思えないし、宇喜多が思うように植物園の花草を傷つけてはいないようだから、終わってしまった今、犯人を探すのは無意味で時間の無駄だ。

種類が多すぎて辟易したバラだが、園にあるものだけでも覚えておこうと、さっそく図鑑を開く。

「花澤さん、おはよう」

緑川に声をかけられた。彼女は出勤してきたところなのか、いつものジャージ姿ではなく、シャツにジーンズを穿いていた。

「あ、おはようございます。今から出勤ですか？」

スポーツ施設は九時から二十二時までなので、職員は出勤時間をずらしたシフト制になっている。

「なんか深刻そうな顔をしていたけど、宇喜多くんとなにかあった？」

咲良は大きく首を振る。

「いえ、宇喜多さんは親切にしてくれています」

「そう？　ならいいけど、彼がなにかやらかしたら、いつでも相談に来てね」

朗らかな緑川の笑顔に、咲良の顔も緩む。

「ちょっと、このバラについて調べようとしていたんです」

「ラブリーブルーのことを？　花澤さんは本当に勉強熱心ね」

咲良は驚いて尋ねる。

「緑川さんは植物に詳しいんですか？」

以前、東菊（アズマギク）の前にいたときも、今のように花の名前をさらりと言った。

キクやバラぐらいなら咲良でもわかるが、さらに詳しい品種名まで言い当てるのはなかなかできることではない。

いくら十年も四季島公園に勤務していたからといって。

咲良の頭の中で謎が弾（はじ）ける。

そうだったのか。

植物園にイタズラするのは外部の人間だとばかり思っていた。内部の人間が外聞が悪くなるようなことをするわけがないと、勝手に決めていた。

そもそも外聞が悪くなるようなことではなかったが。咲良が勝手に犯罪ではないかと想像していただけで。

周りに人はいないが、咲良はこっそりと耳打ちするように言う。

「もしかして、藤棚の水飲み場に植物を飾っていたのは緑川さんですか？」

花を見つめていた緑川が、咲良に顔を向けて子どものようにはにかむ。

「あら、バレちゃった」

緑川があっけなく白状する。

「宇喜多くんにもバレているかしら」

「どうでしょう？　宇喜多さんはあまり気にしていないようでしたから」

犯罪性があるかもと思い込んで、犯人を突き止めなければとやっきになっていたのは咲良ばかりだった。

「そっか。彼、植物以外には興味ないもんね」

緑川が笑い出す。咲良は自分の勘違いとはいえ、職を失うかもと恐ろしかったのに。

「私、なにか犯罪のサインかと思って心配したんですけど」

声に棘が出てしまった。

緑川は笑いを止めて、真摯に咲良に向かい合って頭を下げる。

「色々と心配させちゃったのね。ごめんなさい」

咲良は慌てて言う。

「あ、いえ、緑川さんを非難しているわけじゃなくて」

自身の間抜けさへの怒りです、とまでは言わない。

「むしろ宇喜多くんと花澤さんに協力してもらえばよかった。自前で全部揃えるのはなかなか苦労したし」

「鳥啼歌を植物でなぞらえていたんですよね？」

「そう。加藤くんはちゃんと受け取ってくれたみたい。そして、私が贈ったことも」

自分たちは正解にちゃんとたどり着いていた。最後に残っている疑問を緑川に尋ねる。

「最後のバラは〝内〟を現しているんですか？　それとも青いバラの花言葉の奇跡や、夢叶う？」

「両方正解よ。すごいわね」

緑川は薄紫のバラにそっと手を添える。

「かつては青いバラの花の花言葉は〝不可能〟だった。でも、遺伝子組み換えによって青いバラが誕生した今は〝奇跡〟〝夢叶う〟になったの」

「緑川さんは前から植物に詳しいんですか？」

緑川はすぐには答えず、右手を顔に当てて少し考え込む。

「まあ、花は人並みには好きだと思うけど、植物には別に詳しくなかったわ」

「じゃあ、加藤さんを励ますために学んだんですか？」

咲良は緑川の過去を思い出す。彼女は自分と加藤の姿を重ねて、応援せずにはいられなかったのだろうか。

しかし、直接言葉をかけても、苦しみの中にいる人間にはなかなか届かない。言葉だけの励ましや慰めなど、傷づいている最中の人間には耳の中にさえ届かない、ということを咲良自身も知っている。

「宇喜多くんね、私の名字が緑川だから、なんかシンパシーっていうか、親しみを感じたらしくてね、私が植物園を走っているとよく声をかけてきたの。無視もできないから付き合って彼から植物の蘊蓄をたくさん聞かされた。正直、ちょっとうっとおしいと思っていた」

「な、ならなぜ」

咲良が驚いて緑川を見ると、彼女はいたずらっ子のような笑みを口元に浮かべている。

そういえば自分が採用されたのも名前を見てとかなんとか……。

「私が宇喜多くんの先輩だって話はしたわよね」

「あ、はい」

「一応特別枠職員同士、放ってもおけなくて。ここに来たばかりのときは、なんだか頼りなさそうだったし」

「それから植物に興味を？」

緑川はしばしバラを見つめてから首を横にふる。

「三年前、仕事を辞めて実家に帰るか悩んでいたのよ。母の介護をするために。父は五年前に亡くなって、私には兄弟もいないし、独身だし。でも、私には自信がなかった。何年続くかわからない介護生活を続けていけるか。痴呆が始まったせいか、怒りっぽくなった母と四六時中一緒にいられるか。仕事も辞めたくなかった」

緑川は目を伏せてため息をつく。

「私の悩みを知ってか知らずか、彼は植物のコミュニケーションについて話し始めたことがあって」

「植物のコミュニケーション？」

「悩みすぎて少し鬱っぽくなっていたのかもしれない。植物園のベンチに座って花をぼんやり眺めながら『植物は子育てもしないいし、親の介護もしない。羨ましい』って呟いたとき、宇喜多くんが言ったのよ」

「そこに宇喜多さんがいたんですか？　タイミングよく？」

驚く咲良に、緑川がきまり悪そうに続ける。

「自分でも気づかなかったけれど、魂が抜けたような顔で一時間も目の前の花を見つめていたらしいわ。園内を回っていた宇喜多くんがさすがになにかを感じてそばで、見ててくれたみたい」

ちょっとストーカーっぽいという感想は口にせず、咲良は緑川の続きを待つ。

「植物は光、湿度、化学物質の濃度、ほかの植物や動物の存在、磁場、重力などを記憶し、そのデータをもとにして、養分の探索、競争、防御行動、ほかの植物や動物との関係などから、さまざまな活動にまつわる決定するんだって。つまり風や光、大地、自分が感じることのできるすべてでコミュニケーションを取るのだと」

「なんか話が壮大すぎて」

胡散臭さに若干引き気味になる咲良に、緑川も賛同する。

「そうよね。植物がにおいや色、形、実で鳥や動物を引き寄せるのもコミュニケーションの一種で、生存戦略の一部とか、色々話してくれたわ」

「本当に植物同士、コミュニケーションなんて取れるんですか？」

「わからない、って最終的に宇喜多くんは言った」

「ええっ⁉」

なんて無責任な、とやや非難する咲良の考えを緑川の笑い声が吹き飛ばす。

「そういう説があるのは確かだとしか。ただ自分はそれを信じていると自信たっぷりに言ったわ。宇喜多くんに言われて、自分でも調べてみたわ。クラシック曲を聞かせた植物の生長が早いとか、ナイフを持ってサボテンに近づくと危険を知らせる電磁波を発するとか。でも、結局そんなことはどうでもよかった。後付けにすぎなかった」

緑川は顔を上げて咲良に、明るい表情を向ける。

「宇喜多くんはもっと難しいこと言っていたけれど、はっきりと胸に残ったのはこれだけ。人間には植物よりも、ずっとコミュニケーションの手段がある。植物よりもずっと細かく自分の心情を伝えることのできる。だからきっと大丈夫だと」

宇喜多は植物と比較して、それを緑川に不器用ながらも伝えたのだ。

「それが真実か、今はまだ証明できないようね。でも、それはどうでも良くて、本当は背中を押してもらいたかったのよ。仕事を続ける選択したい。でも、そう思うことは、母を裏切る冷たい娘として罪悪感に押しつぶされそうで」

風が吹き、バラの花たちがそんなことないよ、というように首を振るように揺れた。

「それからかな。植物に興味を持つようになったのは。ランニングしながらネームプレートを読むようになったり、宇喜多くんの話をちゃんと聞くようになったり。それまでは彼の説明なんて、右から左へ聞き流していたから」

最後のひと言が咲良の胸に突き刺さる。

「いいのよ。あの植物馬鹿はしゃべりだしたら止まらないから適当に聞き流すか、理由をつけて逃げなさい」

「あ……はい」

緑川に心の内がバレている、咲良は背中に汗をかく。

「ふーちゃんを眺めていたら思いついたの。最初はね、励ましの意味を持つ花言葉のある花を飾ろうかと思ったんだけど、それだけじゃつまらないでしょ。謎があれば解きたくなるもの。それで毎朝植物園に来てくれたらと」

謎掛けで毎日のトレーニングを促していたのだ。

「花澤さんには迷惑かけちゃったみたいね。本当にごめんなさい」

「いえ、大丈夫です」

「昨日、加藤くんがわざわざ私の所まで来て、トレーニングを続けるって言ってくれたの、本当に嬉しかった。この仕事、続けていてよかった」

緑川は満足そうにうなずいて、爽やかに去っていった。

咲良の心には植物は子育てしない、という緑川の言葉が残った。

まるで自分たち親子のようだ。社会人になった咲良と父はもう縁が切れていいのだ。

すべての謎が解け、スッキリした気持ちで売店に戻る。

「お留守番ご苦労さま」

ふーちゃんに機嫌よく声をかける。

「イイ気ナモンダナ」

バカにするように、咲良に向かってクワッと嘴を開ける。

「……今は気分がいいから許す」

そのまま売店に入り、レジのパイプイスに腰を下ろして、ポケットからハンカチを取り出して、額の汗をそっと拭った。

レジの横に置いておいた前田のメモは手つかずのまま。

「前田さん、まだ来ていないんだ」

昨日の様子では、今日は来ないかもしれない。メモを丸めてゴミ箱に捨てた。まるでそれを待っていたかのように、前田が売店に入ってきた。

あまりのタイミングのよさに、咲良の声が思わず上ずる。

「い、らっしゃいませ」

「こんにちは」

今日は買い物袋を持っていて、少しホッとする。

「お待ちしていました。手入れが簡単で、あまり大きくならない庭木を、宇喜多さんがいくつか探してくれました」

咲良は業務日誌を広げて、宇喜多が書いたページを意気揚々と差し出す。

日誌を受け取った前田は、情報量に目を丸くする。

「仕事が早いわね」

「どうぞ座ってゆっくりご覧ください。必要ならコピーしますよ」

咲良がレジ奥からイスを持ってくる。

前田は日誌を閉じて、小さく首を振る。

「前田さん？」

「ごめんなさいね。やっぱり庭に木を植えるのはやめとくわ」

「あ、そう、ですか」

前田から日誌を返される。

「せっかく色々書いてくれたのに。宇喜多さんにも無駄なことをさせてしまって、申し訳ないことをしたわ」

「お気になさらずに。宇喜多さんにとっては全然たいしたことないと思うので。このメモは私の勉強用として使えますし。これを頭に入れておけば、次から庭木の相談もバッチリです」

　悪いと思っているからか、それとも昨日と同じように悩みか何かを引きずっているのか、前田は今日もどこか弱々しい。少しでも力づけようと、明るく振る舞う。

「お買い物帰りでお疲れでは？　どうぞ座って休んでください。あ、藤棚のベンチのほうがいいですか？　今日もいいお天気ですからね」

　それにしても一夜で、考えが変わるなんて、なにがあったのだろうか？

　木を植えるのはやめたと言いつつ、前田は名残惜しそうに種や苗を眺めている。

　声をかけるべきか、放っておくべきか。業務日誌を抱きしめたまま迷っていると、前田が独り言のように呟いた。

「私はいい母親じゃなかった」

　突然の告白に、咲良は目を見開いた。

「ごめんなさい、突然。驚いたわよね」

　前田が綿毛のように柔らかく、頼りなく笑う。

「い、いえ、別に」

言葉とは裏腹に、声が思い切り動揺を表す。

前田は目を閉じ、遠くの記憶を手繰り寄せるように深呼吸した。

「いわゆる過干渉。子どもの人生に土足で無理やり入っていってしまったの」

懺悔（ざんげ）するように前田は言葉は吐き続ける。

「子どもたちを支配していたみたい。私にはそんな気持ちはなかった。ただ、ただ心配だったのよ。心配で、心配でじっとしていられなかったの。大樹のように、深く根を張って見つめているだけ、なんてできたら今こうして毎日のように植物園に通ってなんかいなかった」

咲良はただじっと耳を傾ける。

「植物のように一歩下がって見守る余裕があれば、もう少し違っていたかもしれない。私というでも、あの頃は子どもたちの心配で一杯一杯だったのよ。ある意味奴隷だった。私とい人格がなくなるほど、心身とも忙しくて。なにがなんだかわからないまま突っ走る毎日だった。気づけば、二人の子どもは成人して、さっさと私から離れてしまった。それからはほとんど没交渉で、年に一度お正月に挨拶に来るぐらいね。それさえどこかよそよそしくて。一人は結婚したけれど子どもを持たず、もう一人は独身のまま。私のせいで家族を持つことは束縛されること、苦しいことと心に植えつけてしまったのかも」

前田は種を手に取り、愛おしそうに見つめる。

「苦しめるつもりなんかなかったのよ。本当に、本当に子どものことが心配で。ちゃんと愛していたわ。今だって、愛しているし、会いたくてたまらない。でも、向こうが会いたい気持ちにならないかぎり、こちらから近寄ったらますます嫌われるから」

前田は大きくため息をついて、種を棚に戻す。

「庭木を植えようと思ったのは、私の代わりに木が子どもたちを見守ってくれたらと考えたの。でも考えてみれば、ずっと実家に寄りつかない子どもたちだもの。私が死んだら実家なんか継がず、さっさと売り払ってしまうわよね。なら自分の代わりに木を植えても意味はないわ」

どう反応していいかわからず、咲良は立ちすくむばかり。ただ、ほんの少し、前田の子どもたちを羨ましく思った。実際そうされたら、咲良も過干渉に耐えきれず逃げてしまうのかもしれないが。

前田が複雑な表情で立つ咲良に気づいて、ごめんねと謝る。

「おばあちゃんの愚痴に付き合わせちゃって。こんなこと聞かされても困るわよねぇ」

「いえっ、大丈夫です」

咲良は大きく首を左右に振る。前田が声を出して笑う。

「花澤さんがあまりに優しくていい子だから甘えちゃった。庭木の代わりにこれをいただこうかしら」

　前田が棚から手にとったのは、咲良が作ったハーバリウムだった。

　久しぶりの売上。しかも、自分が作った商品。

「ありがとうございます」

　興奮を押し隠して、咲良は慎重にレジを打った。


　午後五時、終業時間になると、ドアに閉店のプラカードを取り付け、鳥籠をフックから外してふーちゃんを事務所に連れていく。

「なんか今日はいろいろあったな……」

　魂が抜けたようにだるい体をイスの背もたれに目一杯預け、事務所のデスクで売上台帳を開く。

　しばらくぶりに開いたページに、商品名ハーバリウム、金額五百円と記載する。

　咲良が作ったと知らずに、宇喜多の作品ではなく自分の作品が選ばれたのが純粋に嬉しい。そして、前田のことを思い出して心配になる。

「前田さん、大丈夫かな？」

　吹っ切れたように笑顔で去っていったが、どこか寂しそうだった。それに前日の元気の無さ。子どもたちとなにかあって、落ち込んでいたのだろうか？

咲良のハーバリウムが、少しでも彼女の寂しさを癒やしてくれればいいと願う。

前田は咲良にとって、優しい常連のおばあちゃんだ。けれど家族にとっては違うのだ。

「関心を持たれないのと、構われすぎるのと、どちらがマシだろう？」

自分にとっては家族を放っておく冷たい仕事人間の父も、他の人からは頼れる人だったり、優しい人だったりするのだろうか。

母を虐めていた親族たちも、母以外には優しく良い人だったのか？

咲良は売上台帳を閉じると、次は業務日誌を開く。

今日書くべき事項は鳥啼歌の終了と、前田の依頼がキャンセルになったこと。緑川が実行犯だったことや、前田の悩みまで書くべきかどうか悩む。

「それにしても、植物にメッセージを託すとか、自分の代わりに木に家族を見守って欲しいとか、ロマンティックっていうか不思議っていうか……」

植物が嫌いな咲良には、絶対に思い浮かばないアイデアだ。

「植物好きな人たちには自然に思いつくのかな？」

宇喜多はどうだろう？　植物同士コミュニケーションが取れると言うぐらいだから、がんばれば植物とも意思疎通ができるはず、とか思っていそうだ。

ペンを握ったまま頭の中を整理していると、棚の上に載せた鳥籠が騒がしくなる。

「イラッシャイマセ」

ふーちゃんの声に顔を上げると、開けっ放しの事務所のドアから、ツナギに土汚れをつけた宇喜多が売店に入ってきたのが見えた。

花を抱えた宇喜多が事務所をのぞいて声をかける。

「まだいたんですか？　僕を待つことなく終業時間になれば帰宅していいんですよ」

いつの間にか就業時間を二十分程過ぎていた。

「業務日誌が終わっていなくて」

「書くことがなければ、無理に書かなくてもいいんですよ」

「逆です」

咲良はパタンと日誌を閉じた。宇喜多が身構える。

「宇喜多さんはすごいですね」

「なにか、ありました？」

腫れ物を扱うかのごとく、宇喜多は用心深く尋ねる。

「鳥啼歌を植物で歌っていたのは緑川さんです。本人から聞きました」

「そうですか」

宇喜多は特に動揺することもなく、咲良の一言で、なぜ緑川がそんなことをしたのかまでお見通しらしい。

「宇喜多さんの言う通り、植物は人を救うことができるんですね」

「そう思いますか？」

宇喜多は表情は驚きから喜びに変わり、柳の枝のようにふにゃふにゃと少し照れたような笑みを浮かべる。

「美しい花は心の慰めになりますし、植物を育てるのは充実感を得られますし、植物のそばにいるとマイナスイオン効果があるという論文も……」

宇喜多は褒められた小学生のように照れつつも、浮かれながら持論を続け、咲良はどこか冷めた気持ちで聞く。

「宇喜多さんは、どうしてそんなに植物が好きなんですか？ 以前、植物に生かされいるんですと、言ってましたよね」

宇喜多は驚愕と戸惑いが混ざった表情をして、それから脱力するように弱々しい笑みを浮かべて言った。

「僕の自己紹介みたいになりますけど、いいですか？」

「教えていただけるなら」

宇喜多はタオルで汗を拭きながら、デスクを挟んで咲良の前に座る。新聞紙を広げて、採ってきた咲良の知らない花を並べながら話し始める。

「実は僕、子どもの頃に人間恐怖症になって、ほぼ不登校だったんです」

「不登校……」

思いもよらなかったデリケートな単語に、咲良はうろたえてしまう。

「子どもの頃は病弱で、しかもひどいアトピー持ちで皮膚がすぐにボロボロになってしまって。子どもって正直ゆえ残酷でしょう。気持ち悪いとかゾンビとか、心無い言葉をぶつけられました。自分も子どもだったので、うまくかわすこともできずに他人といるのが怖くなってしまって。そんな僕に心痛めた両親が、思い切って田舎の祖父母を頼ったというか、田舎にホームステイさせてみようと決心したのです。空気のきれいな田舎のほうが、健康にもよいと考えたようで」

宇喜多が照れたような笑みを浮かべる。

「時代も時代でしたし、子どもなんて自由に遊ばせておけばいいと、田舎でずっと暮らしていた祖父母はよく言えばおおらかに、悪く言えば学校を軽く考えていたんでしょう。すでにすっかり過疎化した村だったので、近所に同世代の子どもがいないのも精神的に楽でした。そこで学校にも行かず、畑や山の植物たちを相手に遊んでいたんです。田舎暮らしが合ったのか、病弱もアトピーも改善し、もやしっ子は立派な野生児になりました」

咲良はちらりと、宇喜多の捲った袖から伸びる腕を見る。日に焼けた肌は健康そのものだ。

「僕にとって植物は友人や家族のようなものです。生活の一部というか、人生の一部というか。もちろん育てたりするのも楽しいし、動物とは違う生態を観察するのも興味深いし。その、少しは草花に興味が出てきました？」

宇喜多は遠慮がちに、それでもちょっとばかり期待に満ちた目で咲良に尋ねる。

「もちろん、興味が湧いたからといって、仕事内容は変えませんから。屋外の仕事や土いじりは僕が今まで通りに。最近は日差しも強いし、虫が多く出てくるようになったし」

咲良は宇喜多の話を聞きながら思う。

宇喜多が育ったという過疎化が進んで子どもがいない地域は、きっと咲良が地球上で一番嫌いな場所と同じような所だろう。

電車はもちろんバスもなく、タクシーだって呼べないような田舎。

でも、宇喜多の育った場所は、都心の人間が憧れるような、のどかでおおらかな田舎だったにちがいない。

彼が男子という立場だったからかもしれないが、咲良の知っている閉鎖的で暗い村とは違うようだ。

「宇喜多さんが前に植物に生かされたって、そういう意味だったんですね」

「ええ、まあ」

花を選別している宇喜多の手元を眺めながら、咲良はボソリと呟く。

「植物は私なんかより、ずっと役立つんでしょうね」

宇喜多が手にとっていた花を落とす。

「どういうことです？」

「あ、いえ、なんでもないです」

うっかり変なことを口走ってしまったと、咲良は後悔しながら誤魔化すように帰り支度を始める。

宇喜多は優しく諭すような口調で尋ねる。

「植物と人間の役割は違いますから比べたりはできませんよ。虞美人草（ぐびじんそう）と美人はどちらも美しいけれど、比較できるものではないでしょう」

よくわからないたとえに返事ができない咲良に変わって、ふーちゃんが叫ぶ。

「イズレ菖蒲（ショウブ）カ杜若（カキツバタ）！」

「ふーちゃんもそう言っていますし。僕の言いたいことと若干ズレてますけど」

本当にＡＩが搭載されているのではないかと疑っていると、咲良の沈黙を抗議と受け取った宇喜多が焦って付け加える。

「女性の容姿に言及するのはセクハラでしたか？　すみません。気をつけます」

「全然セクハラじゃないです。ただ……」

ふいに黙り込んだ咲良に、宇喜多が小首を傾げる。

「どうしました？」

咲良はしばし考えて、言葉を探しつつ答える。

「たぶん、私のほうがおかしいんでしょうね」

「え？　なにがです？」

「普通は花を美しいと思い、緑に癒やされるものですよね」

「好きなものや苦手なものは人それぞれですよ」

宇喜多が余計な葉を切り取って形を整えていくと、狭い事務所が青臭いニオイに包まれていく。宇喜多は手慣れた様子で、次々と作業を進めていく。滞りない動きに目が吸い込まれる。

宇喜多の手が、金縛りに遭ったようにピタリと止まった。

「こういうニオイ苦手ですか？」

我に返った咲良が宇喜多の顔を見ると、そこには気遣いと、少々の怯(おび)えが見えた。

「私、怖い顔でもしていました？」

宇喜多が遠慮がちに答える。

「怖いというか、睨(にら)まれたというか」

咲良は反射的に自分の頬を両手で包んだ。

「すみません。ちょっと母のことを思い出して。母もよく、切り花の世話をしていたもので」

「華道でもなさっていたのですか？　それとも生花店にお勤めとか？」

咲良は首を横にふる。

「ただ植物が好きな人でした。私の家はアパートで庭なんかないけれど、ベランダには足の踏み場もないほどプランターが置かれて、花や野菜が育っていました」

「もしかして、花澤さんが時々花に詳しいのは、お母さんの影響ですか？」

「え？　詳しい？」

「黄色いバラの花言葉や、アサガオの花言葉をさらりと口にしたじゃないですか」

「あ……」

そんなことを覚えていたのかと感心すると同時に、咲良は自分の迂闊(うかつ)さに舌打ちしたくなる。

宇喜多の言う通り、母の影響だ。

「母もきっと植物に助けられたり、癒やされたりしていたんでしょう。もしかしたら、宇喜多さんのように、植物に育てられたのかもしれません。母も父の実家があるような山村で生まれたと言っていたし」

「ご出身はどちらですか？」

宇喜多が興味津々とばかりに身を乗り出してくる。

「東北のほうらしいです。母は早くに両親を亡くして、兄弟もいないので、私が生まれたときにはすでに実家はなかったようです。その母もとっくに亡くなりましたし」

　宇喜多の表情が一瞬固まる。

「それはお気の毒でした。その……、不躾なことを聞きますが」

　宇喜多は言いにくそうに視線を下に向けて、慎重に口を開く。

「花澤さんが植物を嫌いなのは、お母さんのことを思い出して悲しい気持ちになるから……ですか？」

　そうです、と言ったら部署異動させてくれるかな、と一瞬打算が頭に浮かぶ。が、判決を待つように身を縮ませている相手に、嘘をつき追い詰めるようなことができるほど咲良の心臓は強くなかった。それに、宇喜多の力で咲良をイレギュラーに人事異動できるとは思えない。

「母のことを思い出しますが、いちいち悲しくなったりしませんよ。母が亡くなったのは八年も前ですし、いい大人が思い出しただけでメソメソなんかしていられません」

　咲良は一呼吸おいてから続ける。

「悲しいよりも、むしろ怖いです。村には緑の怪物が棲んでいるので」

　宇喜多が怪訝な顔をする。だが、尋ねるようなことはしない。黙ったまま咲良の言葉を待つ。話したくなければ、話さなくていいと、無言で伝える。

「いえ、怖いとも違うかな」

咲良は考え込む。自分の胸に張り付いて、時々収縮して痛みを与えてくる気持ちの名前が見つからない。

子どもの頃は間違いなく恐怖だった。緑の闇、緑の怪物。自分を脅かす得体の知れぬものだった。

そして、母を奪っていった。

許せない……。

子どもの頃は恐怖だった。でも今は――。

「怒りかな。母を奪われた怒りのほうが強いかも知れません」

母の命を奪われた……。

でも、母の命を奪ったのは果たして本当に植物だったのか？

――怒りは植物に対してだけじゃない。

「母は私よりも花のほうが好きだったのかも知れません。そのことに対する怒りもあります」

「まさか」

驚く宇喜多に、咲良は冷ややかに言う。

「宇喜多さんだって、自分を傷つけた人間よりも、助けてくれた植物のほうがいいから、今こういう仕事をしているんですよね」

「そういうわけでは――」

宇喜多は目に見えて動揺する。

「母の味方は花だけだったんです。父も、父の親族も母を蔑ろにしていました。私は子どもで、なんの役にも立たなかった。だから、花だけが母の支えになっていたんだと思います」

植物だけが母の味方。

「でも、母は植物に裏切られました」

「裏切られた？」

「母は自身で命をすり減らして、最後には植物に裏切られました。まるで怪物に攫われるように」

夕方、夕飯の支度をする時間になっても母が台所に現れない。家の中にもいない。日も暮れてきたというのに。親族たちが騒ぎ出す。

村の中で、母が行くところなんて限られている。

母はすぐに見つけ出された。足を滑らしたのか、緑深い山中でケガを負い倒れて意識を失っていた。助け出された母は車に乗せられて、街の医者へ連れて行かれた。

そして、そのまま……。

なぜか母は村に行くのを嫌がったりしなかった。

村には緑が溢れていると、いろいろな花が咲いていて美しいところだと言っていた。

咲良には理解できない。

花が大好きな母には、咲良とは違う景色が見えていたのだろうか？

花に興味なんかなければ、きっと父の故郷に行く機会も減り、山の中でケガをすることなどもなかったはずだ。

咲良の胸に怒りが込み上げてくる。

山に恐ろしいものがいると、村の大人たちが咲良に聞かせていたのは、子どもが一人で山に入るのを止めるためだ。と、今ならわかる。

でも、あの村には本当に怪物がいたのだ。その正体は、母を蔑ろにした親族の人たちや、母を魅了した村の植物。

「だからっ」

なおも続けようとした咲良の目に、圧倒されて言葉を失っている宇喜多の姿が映る。

咲良は我に返る。

「変なこと言ってすみません。帰ります」

勢いよく頭を下げると、バッグを引ったくるようにして売店を飛び出した。

賑(にぎ)わう運動場や体育館前を、小走りで抜けていく。羞恥で赤くなっているであろう顔を汗で誤魔化そうとする。

思い出したくなかった。なるべく、思い出そうとしなかった。忘れたふりをしたかった。

でも、今思い出してしまったのだ。

咲良は怒っているのだ。

母を虐めていた父の親族に。母を庇わなかった父に。母を助けられなかった自分に。植物に魅入られて村へと自ら足を踏み入れていった母に。そして、母を裏切った植物たちに。

要約すれば、母を死に追いやった原因のすべてを嫌い、怒っているのだ。

今でも、怒りは消えていないのだ。だからこそ、父とは極力顔を合わせないように生きてきたのだ。

嫌いだ、全部。

やっとバス停に着く。同じユニフォームを来た学生たち。スポーツバッグを持つ子どもたちと保護者。高校生のカップル。

そこには、昨日と変わらない幸せな風景があった。

バスを待っている間に、興奮は徐々に収まっていった。そして、激しい後悔に襲われる。

今頃宇喜多はどんな顔をしているだろう。いきなり支離滅裂なことを喚き出した新人に。

明日、どんな顔で出勤したらいいのだ。情緒不安定とか思われただろうか。

「私ってば、超絶バカ。アホ」

誰にも聞こえないぐらいの声で自分をこき下ろす。

初日に植物が嫌いと宣言したり、知らなかったとはいえ宇喜多が昵懇にしている業者と喧嘩腰になってしまったりしたが、なんとか約二ヶ月大きなトラブルもなくやってきた。宇喜多の器の大きさに助けられた部分が大きいが、おかげで植物相手の仕事も前向きに取り組むことができ、信頼関係を築けつつあると思っていたのに。

このまま真っ直ぐ家に帰る気になれなかった。

咲良はスマートフォンをポケットから取り出す。

真由美にＬＩＮＥで食事に誘う。送ったメッセージに、なかなか既読のサインがつかない。まだ、授業中なのか。

バスがやって来て、咲良は名残惜しそうにスマホ画面から目を離す。バスに乗り込むと、再び祈るようにスマホの画面を見つめる。

あと三つで家の最寄りのバス停に着くというのに、未だに真由美の既読はつかなかった。

学業で忙しいのかも知れない。諦めてポケット戻そうとしたとき、スマホが震えた。

期待して画面を目の前に持ってくると、ＬＩＮＥではなくメール着信の知らせだった。

咲良は息を呑む。

父からだった。

先週、今月末に帰宅するというメールが届いた。そのことは既に知っている。それ以外に、まだなにかあるのか？

見たくないけれど、見ないわけにもいかない。

咲良はメールを開いて、目をみはる。

それは久しぶりに見る長文だった。

いつもは何月何日の何時ごろに家に着き、何日に家を出るというだけの、業務連絡のような簡潔な文のみだった。

母が亡くなってしばらくの間は、咲良を気遣う長い手紙が届いていたが、少しずつ短くなり、高校生になりスマホを持ち、手紙ではなくメールになった頃には、パッと見て内容が読める、数行しかない長さになっていた。

『咲良へ

元気ですか？

社会人生活はいかがですか？　いろいろと大変かと思いますが、きっと頑張っていることでしょう。

遅くなりましたが、社会人になったお祝いに贈りたいものがあります。

そのために、時間を作ってお父さんの里に一緒に行って欲しい。

今回は休みを長く取っているので、都合は咲良に合わせます。

どうしても見て欲しいものもあります。

そして、まだ伝えていない、お母さんのことについて話したいことがあります』

うっかりスマホを落としそうになる。

父と二人であの村へ……。嫌だ。行きたくなんかない。

深く暗い緑の闇が、背後から迫ってくる気がして、思わず身震いする。

ガクンとバスが停車し、驚いて小さく悲鳴を上げた。周りの乗客がチラリと咲良に視線を向ける。いたたまれない気持ちで皆の視線から目をそらして窓の外を見れば、ちょうど家の最寄りのバス停だった。

咲良は逃げるようにバスを降りた。


玄関を開けると、まだほんのりと西陽（にしび）の名残が残っていた。すべての窓を締め切って出ているので、熱がこもっている。

咲良は居間を突っ切って、その先にあるベランダへ続く窓を大きく開けた。湿った暑い風が流れ込んでくる。外はまだ、薄っすらと明るい。

二週間ほど前に梅雨入りしたが、あまり雨は降らない。今年は空梅雨か。水不足が心配だ。

――ちゃんと水をあげた？

母の声を思い出す。

母が生きていた頃は、ベランダいっぱいにプランターが置いてあり、花や野菜が育っていた。

全部、母を追うように枯れてしまった。

咲良だけではどう世話していいのかわからなかったし、父は不在がちで誰にも育てられなかったのだから当然だ。

現在のベランダにあるのは、物干し竿と百均で買った安っぽいサンダルだけ。

母が亡くなった時、咲良はまだ小学四年生。父は出張のない仕事に転職しようと考えたことはあったのだろうか？

咲良の知らないところで、いつの間にか父方の伯母が自分の世話係になっていた。

咲良は拒否したかったが、悲しいことに小学四年生でできることなどほとんどない。

父が帰ってくる時以外は、彼女が母親代わりになってくれたが、咲良は心を開かない。開けなかった。なぜなら母を虐めていた側の人間だったからだ。

はっきりと反抗したりはしなかった。するほどの勇気や行動力はなかった。正直に言うと、そのあたりはあまり覚えていない。

いつの間にか伯母ではなく、シッターが来るようになった。

また、シッターは泊まり込みではなかったが、夜を一人で過ごすのは苦ではなかった。

シッターはただ世話をするだけでなく、咲良に料理や掃除の仕方を教えてくれた。咲良は家事全般をできるようになり、そのせいか中学生になるとシッターの来る回数は減り、ほぼ一人暮らしのような生活が始まり、それはとても快適なものだった。

時には寂しくなり涙することもあったが、寂しがったところで母は戻らない。父や父の親族など、許せない人々と一緒にいるよりは、一人のほうがずっとマシだった。

咲良は母の仏壇の前に座ると、ロウソクに火を灯す。線香を二本香炉に立てて手を合わせる。

写真の中の母が、咲良に向かって優しく微笑んでいる。

――ママはあたしよりお花のほうが好きなんでしょう？

口にはしなかったけれど、幼い頃に浮かんだ疑問は、今でもずっと心に張り付いている。

もし、父の故郷が前橋市のような都市部だったら、意地悪な親族のいる祖父母の家に長く帰省などしなかっただろうか？

車でしかたどり着けない村。そんな父の故郷。父が子どもだった頃は、もう少し人口も多く、少ないが同じ年の子どももいたらしいが、咲良の記憶にあるのは、まるで姨捨(うばすて)山(やま)かと思う、暗い緑に囲まれた村。

時代から取り残された田舎だから、未だに盆暮れ正月に里帰りするのが当たり前で、嫁である母は婚家だけでなく村に仕える召し使いのように、咲良の相手をする時間もないほどコマネズミのように働いた。

友だちもない、公園もない、遊び道具もない、母さえ取り上げられて、咲良は村にいるときには退屈と寂寥(せきりょう)の中に埋もれていた。

村に行くのが嫌で嫌でしかたなかった。

しかも父は仕事が忙しく、母と咲良の送り迎えだけして、自分は一、二泊だけして、さっさと街に戻ってしまうのだ。

夏休み、冬休みなど、長い休みの間、祖父母の家に遊びに行くのを楽しみにしている友だちたちが信じられなかった。

咲良の友だちたちは祖父母の家に行くと、遊園地や動物園などに連れて行ってくれたり、服やオモチャを買ってくれるというのだ。

咲良は一度もそんな体験をしていない。そもそもこの村には店なんかない。車で行かなければ、日用品さえなかなか手に入らない。可愛い服やアクセサリーなんて、もっと遠いところまで行かなくてはならないのだろう。遊園地も動物園も同じだ。

祖父母は咲良に優しかったが、遊び相手としては退屈だった。むしろ母を虐めていると思うと、敵意さえ湧いた。

そう、母は泣いていたのだ。

初めて母の目元に涙の跡を見た時のショックを、今でも覚えている。あれは六歳のときだった。それまでは幼いこともあり、母が忙しいのは家にたくさんの人がいるからとしか思っていなかった。

少し知恵がついてから悟った。母は嫁としてこき使われ、虐められていたのではないかと。

そう知ったときから、父の里に行くことは苦痛でしかなかった。

父は仕事があるといって、一泊ぐらいしかしないのだから、母も自分も一緒に帰ればいいのに。咲良は帰りたいのに。それを村人は許さなかったのだろう。

だから母は涙を流しながら、村に仕えたのだ。

どうしてそこまで？

村に行きたくない。そう訴える咲良に、母は陽だまりのような微笑みで言うのだ。

――いろいろな花が咲いてきれいでしょう？

母の手には美しい花。それを見つめる母の目には、うっすらと泣いた後。

確かにいろいろな花が咲いていた。家の周りにも、舗装されていない土の道に周りにも、畑の周りにも。村全体が鮮やかだった。

でも、それがなに？

花があるから？　緑に囲まれているから？　それのなにがいいの？

空気が美味しい？　そんなのわからないよ。

宇喜多なら、母の気持ちが理解できるのだろうか？

人の悪意など、花の美しさや木々の香りが薙ぎ払ってくれたのだろうか？

「そうなの、お母さん？」

答えない母に向かって尋ねる。

田舎は嫌い。植物は嫌い。父は嫌い。祖父母を含めて村の人たちも嫌い。

子どもの咲良の意見など当然無視されて、長期の休みは父の里帰りに付き合うことになる。

それが続いたのは咲良が十歳になるまで。

もし、母が咲良と同じように田舎を嫌っていたら、植物に興味なんかなければ、今でも咲良の隣で微笑んでいてくれただろうに。

母のことを想えば、悲しみよりも悔しさ、怒りが胸に重たく渦巻く。まだ消化しきれていない過去の沈澱は、ずっと心の奥底でいつまでも燻るに違いない。

咲良はあくびをしながらバスを降りて、植物園へと向かう。

「はあぁ……出勤したくない」

宇喜多に会いたくない。が、そういうわけにもいかない。

失態を思い出しては悶々として、昨日はなかなか寝付けなかった。

寝不足と憂鬱で重たい体を引きずって事務所へ向かう。植物園を横切らなければならない通勤ルート。

午前八時四十分。朝早い時間には、植物園を訪れる人はあまりいない。と、油断していた咲良の目が、信じられないものを捉える。

高齢の男がポピーの咲いている柵の中に堂々と足を踏み入れて、エンゼルトランペットの花の写真を撮っていた。あまりにも堂々としすぎて、咲良は自分が間違っているのではと何度も男が柵の中に入っているのを確認する。踏まれたポピーの花の残骸。今なお、男の靴に潰されてひしゃげた赤いポピーが。

「あ、あのっ、すみません！」

写真を撮っていた男が振り返り咲良を見ると舌打ちした。七十歳は超えていそうな老人。この時間に植物園にいることから仕事はすでにリタイアしていると思える。

「そこは立入禁止です」

「これを撮ったらすぐ出る」

ぞんざいに言い放ち、老人はなおも大きな白い花の写真を撮り続ける。無視されたことに、咲良は怒りを含ませる。

「写真を撮るのは構いませんが、そこから出ていただけますか。花を、花を踏んでますっ！」

老人が再び振り返り、ギロリと咲良を睨みつけて吐き捨てる。

「関係ないだろ、生意気な娘だな」

「わ、私はここの職員です」

「ああ？」

老人は目を眇めて脅すように咲良に近づく。咲良は一歩後退してしまう。

「なら、おまえらは俺の税金で食ってんだろうが。この植物園だって俺の税金でできてんだろ。自分のものを勝手にしてなにが悪い」

老人と言っても咲良より背が高く、体格もいい。恐ろしかったが、勇気を振り絞って彼の足元を指差す。

「とにかく柵から出てください。花がかわいそうです」

老人が足元を見てフンっと鼻を鳴らす。

「ただの雑草だろ。うちの庭で、抜いても抜いても生えてくる花だ」

老人が言っているのはナガミヒナゲシというオレンジ色の花のことだ。圧倒的な繁殖力を持つ外来種で、同じケシ科なので似ているが、老人の足元に生えているのは園芸用のアイスランドポピー。赤色やオレンジ色、黄色にピンク色、白色と豊富な色が均等に散らばるよう、そこまで配慮して宇喜多が植えたものだ。町中に生えているから雑草と思われがちの花だが、季節ごとに楽しめるようきちんと手入れしているのだ。

たとえ生えているのが雑草だとしても、立入禁止場所に足を踏み入れるのは見過ごせない。

「困ります。すぐに出て——」

「うるさいっ」

老人が土と一緒に花を蹴って、咲良の靴に砂がかかる。

汚れた靴を悔しさと悲しさで見つめていると、老人が追い打ちをかけるように唾を吐いた。驚きというよりは、ショックで顔を上げると、老人が勝ち誇った顔でカメラを構え直そうとしたときだった。

「おまえ、前にも言ったよな」

老人の動きが止まった。咲良も自分の背後から聞こえた低く押し殺したような声に、反射的に身を縮ませる。

「覚えていないのか？　それにそこに立入禁止って書いてあるだろ。字も読めないほど耄碌してんのかジジイ」

目の前の老人が、急に十歳も老けたように腰が曲がり、顔から生気が急速になくなっていく。

「つい、花がきれいだったから……」

老人はごにょごにょと言い訳を口にしながら、おずおずと柵から出る。

咲良は振り返り、声の主を知る。

巨大な剪定鋏を含め造園道具を持った島津が立っていた。見た目の怖さは老人の比ではない。

身を低くしながら咲良の横を通り過ぎようとする老人は、不満げな目をちらりと向けた。

「おい」

咲良の後ろに立っていた島津が、老人の行く手を遮るように、一歩大きく足を出した。

老人の肩がビクッと跳ねる。

「他に言うことはないのか？　彼女に」

島津の怒りをにじませた低い声に、老人は顔をそむけるよううつむく。項垂れる老人の視界に入るであろう、咲良の土に汚れた靴。

「すみませんでした……」

蚊の鳴くような声で、老人は咲良の顔を見ずに謝罪する。

続く島津の沈黙にさらに怯えたのか、老人は顔を上げて咲良のご機嫌を取るかのように、卑屈に引きつった笑顔を浮かべていた。

「いえ、次から気を付けていただければ」

咲良が声をかけると、それを免罪符のように老人は逃げるように立ち去って行った。

島津は不機嫌な表情で老人の後ろ姿を睨んだままでいる。

「島津さん、ありがとうございます」

咲良は礼を言い頭を下げるが、複雑な気持ちだ。よりによって島津に助けられるとは。弱みを見せてしまったようで、気恥ずかしい。自分一人で解決できなかった悔しさもある。

さらに、老人を追い払うだけでなく、汚された咲良の靴まで気にかけてくれたのが、ますます複雑な気持ちに拍車をかけた。

「吐いた唾の処理もさせようと思っていたが」

未だに怒りが収まっていない島津の声。

「甘かった……ですか？」

さっさと老人を帰してしまったことを責められるかと身構えるが、島津は大きく息を吐いて首を振る。

「感情的にならずに、いい対処だった」

「え、あ、そうですか……」

まさか褒め言葉が来るとは思わず、咲良は動揺する。

「ああいう奴は女や子ども、自分より弱いと見える相手には強気に出るが、敵わないと思う相手にはどこまでも低姿勢になるクズだ。抵抗できない植物に攻撃するのも、ああいう輩だ」

島津は吐き捨てるように言い、踏み潰された花に目を落とす。

「理屈や正論は通じない。同じことがあれば、宇喜多さんや警備員を呼んだほうがいい」

「……はい」

宇喜多にも言われたことがある。そういうことだったのかと、咲良は落胆する。倍率の高い試験に合格しても、若い女というだけで見くびられて仕事を完遂できないときがあるのだ。落ち込んでいく咲良に島津の一言がツボに刺さった

「気温が高くなると害虫が湧きやすくなる。まさか、あんな大きな害虫まで湧いていたとは」

思わず吹き出してしまった。

そういえば、昨日虫が多く出るようになったと宇喜多が言っていた。

「今日は害虫駆除に？」

「ああ」

咲良は島津に頭を下げる。

「朝早くからお疲れさまです。よろしくお願いします」

「そういや前に、勘違いして俺にも注意したよな」

あの時のことをまだ根に持っているのかと、ドキッとしながら頭を上げれば、口元に笑みを浮かべた島津と目が合う。

「よくもまあ、俺のような相手にも声をかけたもんだ。仕事熱心で正義感が強いのはいいが、考えなしに突っ走ると余計な仕事が増えるだけだからな」

今しがた怖い思いをした咲良は理解する。島津が関係者だったからよかったものの、あの老人のように常識が通じない相手だったら。

そして、島津自身が己を威圧感のある姿と認めていることが、なんとなく可笑しかった。

「本当にそうですね。無謀でした。ありがとうございます」

自分でも驚くほど、素直に感謝の気持ちが湧いた。島津が意外そうな顔をしたので、咲良はつい視線をそらしてしまった。その目線の先に、踏みつけられた花が横たわっている。

「この花、もとにもどりますか？」

老人によって荒らされた場所を指差す。

「この程度なら大丈夫。踏まれた花は戻らないけれど、ポピーは丈夫だから根ごと死ぬことはない」

「よかった」

荒らされた花を見下ろしながら、ふと浮かんだ疑問を口にする。

「前から思っていたんですけれど、ここには青いポピーはないんですね」

「青？」

島津が詰問するように咲良に顔を近づける。

「この花の、青い色の花を見たことがあるのか？」

真剣な表情で聞いてくる島津にやや気圧(けお)されながら答える。

「え、あの、父の故郷で咲いていました。空色のような水色の花びらなんですけど」

「野生で？」

「そうだと思います」

「どこで見たんだ⁉」

「東北の田舎です。まだ生息しているかわかりませんけれど。もう何年も訪ねていないし」

「もっと詳しい場所は？」

「すみません。わかりません。子どもの頃に車で連れていかれたので。父に聞けばわかると」

最後の方は口の中でごにょごにょと言葉をすりつぶす。

「青いポピーって珍しいんですか？」

「日本で野生なら、かなり」

「そうなんですか。ずいぶん昔のことなので、もしかして記憶違いかもしれません」

かなり珍しいと聞いて、自信が揺らぐ。何年も前のことだ。ポピーではなく、別の花だったかもしれない。

島津は咲良の顔を見下ろして、なにかを考えているようだったが、結局それ以上はなにも言わず去って行った。

咲良も追求するほど興味はなく、老人から受けた理不尽な仕打ちを早く記憶から追い出すように、早足で事務所へ向かいながら父の田舎のことを思い出さずにいられなかった。

「確か秋田県だったような……。日本海の方だった気がするんだけど」

咲良はポケットからスマホを取り出した。いつの間にか就業時間五分前になっていた。ただでさえ顔を合わせづらいのに、遅刻までするわけにはいかない。咲良は走り出した。

九時一分前に売店に飛び込む。

どんな顔をすればいいかと、逆に悩む余裕がなかったのは幸いだったかも知れない。

「おはようございます」

息を切らせて挨拶すれば、いつもの通りふーちゃんを構っては反撃されている宇喜多が振り返る。

昨日のことを忘れているわけではないだろうが、いつもと変わらない宇喜多がいた。

「おはようございます。そんなに息を切らせて、なにかありました？」

「じつは、立入禁止のところに入って写真撮影していたおじいさんに注意したら、逆ギレされてしまって」

「ええっ！　大丈夫でしたかっ⁉」

宇喜多がパイプイスから勢いよく立ち上がる。

「島津さんが間に入ってくれたら、すぐに立ち去ってくれました」

宇喜多が肩を落とし、脱力するようにイスに腰を下ろした。

「それはよかった。島津くん、さっそく今日来てくれたんだ」

宇喜多は鳥籠の横に置いてあったタオルを手に取り、首に下げて額の汗を拭く。

咲良は島津と中途半端に終わった会話を思い出す。

「そういえば宇喜多さん、青いポピーは珍しいんですか？」

「え？　青い？」

宇喜多が豆鉄砲を喰らった鳩のようにキョトンとする。

「おじいさんが踏んでいたポピーの花を見て気づいたんですが、赤やオレンジ、黄色の明るい色ばかりで、青色がないなって。昔、父の故郷で青というか、水色のポピーを見たことがあると言ったら、島津さんがとても驚いたようなので」

「水色のポピー」

宇喜多が顎に手を当てて、天井を見上げる。

「幼い頃の記憶なので、もしかしたらポピーではなく、ほかの似た花だったかもしれませんが。そういえば、もっと花びらが尖っていたような。ポピーって、全体的に丸い感じですよね」

宇喜多がポンと手を叩いた。それから自身のスマホを手に取り操作する。しばらくして指が止まった。

「これでしょうか？」

宇喜多が画面を見せる。

「これっ！」

思わず咲良は声が出た。

母の言葉が蘇る。

あれはいつだったろう？

——きれいでしょう。ポピーの花よ。

薄い水色の花びらに、黄色い花粉がコントラストになって美しい。園にあるものよりも花びらの先が尖っていて、丸形ではなく五つ星に近い形だ。

確かに母はポピーと言った。

母が間違っている可能性もある。しかし、細かい毛のある茎や葉は、ポピーの特徴だ。

「幻のブルーポピーと呼ばれる、ヒマラヤで咲く青いケシの花です」

「幻といわれるほど、希少なのですか？」

「メコノプシス属のケシで、標高三千から五千メートルのヒマラヤや中国奥地などで咲く高山植物です。日本の気候には合わないので、育てるのがとても難しい花です。でも、絶対に育たないというわけではなく、栽培に成功した農園もあります」

「母が……よく母が摘んで、私にくれました」

きれいだけど、うれしくなんかなかった。

そんな花を摘みに行くぐらいなら、自分のそばにいて欲しかった。

友だちも味方もいない村で、一人でいなければならない寂しさといったら。

「育てていたんですか？」

宇喜多がやや興奮気味に尋ねる。咲良は首を振る。

「父の故郷、近くの山の中に咲いていたんだと思います」

宇喜多が目を輝かせる。

「素敵な山ですね。他にも希少な植物が育っていたりしたんですか？」

咲良は青いポピーから目をそむける。

「山は鬱蒼とした森に覆われて、暗い緑の恐ろしい場所でした。子どもは決して入ってはいけない。山には恐ろしい怪物がいるって、大人たちから脅されていましたから、私はその花が咲いている所を見たことはありません」

「そうですか。でも、今なら大丈夫じゃないですか？　自生するブルーポピーを見ることができるなんて羨ましいです」

「なら代わりに宇喜多さんが行きますか？」

「え？」

宇喜多が呆けた顔をし、咲良はしまったと口をつぐむ。

「花澤さんのお父様の田舎に？」

「……今度一緒に帰省しないかと、父に誘われているんです」

「親子水入らずで帰省するのに、僕がお邪魔をするわけには」

口では遠慮しているものの、目は行きたいと主張している。

そんなにも珍しい花が見たいのか。母もそうだったのか。胸の奥でいつまでも燻る怒りが声に出る。

「いいえ、父と出かけるなんてありえませんし、二度と父の故郷にも行くつもりはありません！」

「どうしてですか？」

「父の故郷が嫌いだからです。閉鎖的な田舎で、山ばかりで鬱蒼としていて、他にはなにもないし。第一もう何年も行っていないのに、なにをいまさら――」

「それは昨日の話や、家出の話に繋がりますか？」

宇喜多の言葉に、咲良はハッと言葉に詰まる。

「そこはきっと花澤さんにとって忌避する理由がたくさんあるんでしょうね。でも、勇気を出して、行ってみたらどうですか？」

「え？」

予期せぬ宇喜多の提案に、咲良は戸惑う。

「お母さんを誘った怪物の正体を確認してきたらどうでしょう？　今の花澤さんなら森に入れるでしょう」

「森……」

父が見せたといいうものに、興味がないと言ったら嘘になる。

それでも行きたくないのは怖いから？　それとも辛くなるから？

ずっと父を避けるように生きてきた。そんな父と一泊とはいえ、一緒に田舎に帰るのは困惑しかない。どんな態度でいればいいのか、どんな会話をすればいいのかもわからない。

「森だけでなく、怖い親戚たちもいるんでしたっけ？　でも、今の花澤さんは強いから、親族に意地悪されてもやり返せるんじゃないですか」

「……就任初日に上司に向かって反論する厚顔な部下ですものね。反省しています」

宇喜多が慌てだす。

「そんな意味じゃないです。とてもしっかりしていて、言うべきことは言える芯の強さがあると。さきほどだって、立入禁止のおじいさんに注意をしてくれたのでしょう」

宇喜多の動揺が伝わったのか、籠の中のふーちゃんも落ち着きがなくなって、せわしなく羽をバタつかせたり嘴をつついたりしている。

まるでコンビのような二人、いや一人と一羽がどこか滑稽で、つい口元が緩む。

あれから八年経ったのだ。

咲良は、もう森や大人たちに怯えるしかない子どもじゃない。

「幽霊の正体見たり枯れ尾花、っていうじゃないですか。恐れの正体も、怒りの正体も、それがわかれば対処法も、解消法も見つけられるかもしれません」

咲良は突っ立ったまま考える。宇喜多が見せたブルーポピーの画像、父のメール、田舎の風景、母の微笑み、次から次へと頭の中に想いや映像が浮かび上がる。

「それで、もし……」

宇喜多が少しためらいつつ遠慮がちに付け加える。

「余裕があればブルーポピーの写真などを撮ってきてくれませんか。可能なら花も少し」

「……それが本当の目的ですか？」

宇喜多は首がちぎれ飛ぶほど、大きく左右に頭を振る。

「いえっ、いえっ、まさか。ついでです。あくまでも余裕があればで。でも」

迷う咲良の背中を押すように、宇喜多が付け加える。

「なにか理由があったほうが行きやすいというのなら、仕事のためだと思えば」

ふーちゃんもしゃがれ声で叫ぶ。

「虎穴(コケツ)ニ入ラズンバ虎子ヲ得ズ」

「ふーちゃんも、こう言っていますし」

餌をつついては、クズを飛ばし、偉そうに頭を上げる九官鳥に諭されてしまった。

咲良は不本意ながらも、吹き出してしまった。

第4章

母はまるで森の妖精のような人だった。

そう誰かが言った。消毒液のにおいに包まれた病室で。

植物が大好きで、森の中でいつまでも花を眺めていられる人だったと。

母の病室には、いつでも花が飾られていた。

山の中で倒れて、そのまま病院に運ばれた母は、そのまま家に帰ることなく息を引き取った。

最後まで儚(はかな)く美しい人だった。

最後まで花に囲まれていた。


父と出かけるのは何年ぶりだろう。

助手席で車窓を流れる景色を見ながら、そっと膝の上で指を折る。母の三周忌に父の田舎に行ったのが最後だから、六年ぶりだ。母が生きている間も、帰郷する以外では父と泊まりがけの旅行に行ったことはない。

親子三人で出かけた記憶は、近所の公園と父の田舎だけ。そもそも父は出張が多く、ほぼ単身赴任しているような状態だった。

完全な単身赴任なら、母は咲良とともに父のもとへ行ったかもしれないが、出張ならついていくわけにはいかない。

母子家庭のような暮らしで、咲良はたまに会う父に懐けなかった。父も積極的に咲良に関わろうとしなかった。あまり家庭に興味がない典型的な仕事人間。

車は高速道路をひた走り、車内には会話がなく、カーラジオだけが陽気に曲を流している。それがもう半日も続いている気がするのだが、実際にはまだ二時間も経っていなかった。

三ヶ月ぶりに帰宅した父に、お帰りの挨拶もせずに「週末に村へ行ってもいい」と、事務的に伝えた。

父は嬉しさよりも戸惑いの色を浮かべた。どう説得するか、色々と考えていたのだろう。それが思いもかけず無駄になったのだ。

次の日、仕事から帰ってきた咲良に、父はお帰りよりも先に「ありがとう」と呟くように言った。

無視はしないが、最低限の会話しかしない二人の生活。

咲良が拒否しているからだけでなく、もともと父は口数が少ない。母がいた頃も、あまりしゃべっている姿を見た記憶がない。

そんな父と狭い車内でいることに緊張している。いや、少し違う。話したいこと、言いたいことがありすぎて、感情の整理が追いつかず言葉が詰まったまま出てこないでいる。

家から目的地まで、渋滞がなければ車で片道六時間、早朝に出発しても日帰りは難しい距離。田舎に行くのが嫌だった子どもの頃は、車に乗ったらあっという間に着いてしまった気がしていたのに。今は時間の流れが遅くてしかたない。

カチッ、カチッと、ウインカーの音が聞こえたと同時に父が口を開く。

「休憩しよう」

車が滑らかに車線変更し、そのままサービスエリアへと入っていく。

咲良自身は飲食もトイレの必要もなかったが、父について店舗へと入っていく。

お土産コーナーの向こうにフードコートが広がっている。

「お腹空いていないか？　咲良はここのカレーが好きだったよな」

「そうだったっけ？」

父が驚いたような、ショックを受けたような表情を浮かべる。

「お母さんと必ず山形牛カレーを食べていた」

覚えていない。

片道六時間なら、何度か休憩は取っただろう。でも、その記憶はほぼ残っていないのだ。これから田舎へ行くんだという憂鬱に、すべての記憶が塗りつぶされている。

「あと四時間はかかるから、なにか腹に入れておいたほうがいい。お父さんはトイレに行ってくる」

父が財布から千円札を取り出して咲良に差し出す。

「大丈夫。お金、持っているから」

咲良は千円札を受け取らずに踵を返す。自分はもう社会人。給料だってもらっているという自負と怒りを込めて。

手持ちぶさたになったので、咲良はアイスクリームを買ってフードコートのテーブルに腰を下ろす。しばらく経って父が戻ってきた。手には缶コーヒー。

迷うことなく、父が咲良の前の席に腰を下ろして言った。

「本当に久しぶりだな」

当然のように自分のそばに座られるのが、嫌だと思った。咲良自身、なぜこんなにも自分が苛立つのか理解できない。けれど、自身を押し止められなかった。

「お父さんの都合に合わせて、お母さんはずいぶん長く村にいなくてはならなかったよね。夏休み、冬休み、春休みって、お父さんはさっさと家に帰るのに！　私とお母さんは、つまらない田舎で何日も」

　こんなところで、気持ちを爆発させるのはみっともない。自身の声が大きくなって、近くの人が咲良たちにチラリと視線を向けたのに気づき、固く唇を閉じることで感情を抑え込んだ。

　交通機関が通ってない土地で、車の運転ができない母は、誰かが迎えに来てくれなければ帰ることができない。

　父は母子を田舎に送り届けて一、二泊ぐらいだけで自分だけ帰っていく。母子は父が迎えにくるまで帰れない。

　山に囲まれた閉鎖的な村に監禁されたまま耐えるしかなかった。

「そうか。咲良には悪いことをしたな。友だちもいないし、退屈だったろう」

「私じゃない。お母さんだよっ」

　そして自分も怖かった。母が虐められていることが。母が自分を置いて森に行ってしまうことが。

　原因はなにもかも、深い緑に囲まれた田舎のせい。父が母を庇わなかったせい。自分が母を守れなかったせい。

「お母さんは村のみんなに虐められて、泣いていたんだから」

　母は親族に仕えるのに精一杯で咲良を構ってくれなかった。過疎化の村では咲良の友だちもいない。手の空いた親族が咲良の世話をしてくれたが、咲良の寂しさは埋められなかった。

「そうなのか?」

不思議そうに尋ねる父の表情。咲良の胸に恨みの火が着火する。

この人はなにも知らないんだ。知ろうとしなかったんだ。昔も今も、家族に関心などないのだから。

「お母さんは緑に囲まれて楽しいと言っていた」

「嘘(うそ)に決まっているじゃない。私たちを心配させないようにしていたの。一日中忙しく働いていたのを知らないの?」

子どもにだってわかったことを、父は純粋に知らなかったのだ。母の疲れた様子も、涙も見ていなかったのだ。

「土地代分を稼ぐって……」

「土地代?」

「あ、いや」

父が黙り込み、さらに咲良を苛立たせる。

「田舎に行くのはこれが最後。私はお母さんのように働いたりしないから。お父さんが見せたいものを見に行くだけ」

父は驚いた表情でなにか言いたげに口を動かしたが、結局はなにも言わずに無言のままコーヒーを飲む。

謝るか、でなければ反論すればいいのに。黙り込むなんて卑怯だ。咲良は唇をギュッと閉じる。

そっちがなにも言わないから、こっちもなにも言えなくなる。一人で喚き散らすのは虚しさだけが残るのだ。それは幼い頃に学んだ。


沈黙という重い空気が充満する車は、やがて暗い山道に吸い込まれていく。対向車はもちろん、人どころか生き物の気配さえしない薄暗い道。

閉ざされた陸の孤島は、咲良が思うよりもずっと多く存在しているのかもしれない。インターネットで世界中の町並みを見ることができる時代でも、ブラックボックスのような村は存在している。

山を越えれば父の村。緑が濃くなるほど、陰鬱が溜まっていく。

思い出すのは広い平屋の父の実家。夏でも薄暗くて肌寒い、土がむき出しの台所。大きな釜に鍋。盆暮れ正月は三十人ぐらいの親戚が集まるから、女衆は座る暇がないくらい台所と居間を行き来する。

夏はその合間に畑仕事。冬は大掃除。

その僅かな隙間に、母は山に行く。時には親戚の誰かに連れられて。

山菜やキノコを採りに行ったのか。それとも咲良の目につかぬよう、山で叱責されていたのか。

田舎が温かいなんて、田舎を知らずにいる街の人間の妄想だ、と咲良は思う。

いつだって咲良母子の周りには冷たい空気しかなかった。その証拠に父を始め、若者は村を出ていったきり帰ってこない。そして、人口はどんどん減り、やがて無くなるだろう。山に囲まれた荒地になるのだ。それを想像すると、溜飲が下がる気持ちになる。

雲から太陽が顔を出したように、世界が明るくなった。暗い緑の闇を抜けたのだ。

目の前に広がる田園風景。

夏を前に田畑は青々と生命力に溢れ、夏野菜が宝石のように輝いていた。

ウィンドウを少し開けると、植物園とは比べ物にならないほど濃厚な土と緑のにおいが風と一緒に入ってきた。

どの家も同じような作りで見分けがつかない日本家屋が、畑の中に点々と存在している。

父は迷うことなく実家に向かって土埃を舞わせて道を走る。

徐々に咲良の記憶も目覚めていく。

家屋の広い玄関、長い廊下、古い畳の部屋、どこからかやってくる野良猫。

採ったばかりの野菜の青臭さ、湿った土の匂い、飛び交う虫の羽音。

蚊取り線香の煙、蚊帳の中で母が話してくれた昔話。

車が実家の庭に停まった。ドアを開けて外に出ると、思いの外強い日差しに、咲良は一瞬よろめいた。

「まあ、咲良ちゃん、大きくなって！」

車の音を聞いて家から出てきた女に向かって、咲良はわざとらしく丁寧に頭を下げる。

「ご無沙汰しています」

「あらあら、すっかり大人になって。長いドライブで疲れたでしょう。中に入って冷たいものでも飲んで休みなさいな」

迎えてくれたのは父の姉で、咲良にとっては伯母だ。母を亡くした咲良の世話をするために、アパートに来てくれたのも彼女だ。

記憶にある彼女より少し痩せて弱々しい。真っ黒だったはずの髪には、白いものが混じっている。

比較的母には優しく、咲良の世話もしてくれた。それでも、わだかまりは溶けない。

伯母に急かされるように促されて、咲良と父は居間に通される。

街で暮らしていると想像もできないほど広い居間。二十畳はある。まるで旅館の宴会場。

今は大きな座卓一つだが、親族が集まるときは蔵から折り畳みテーブルを出してきて、本当に宴会場のようになるのだ。

座卓の前で麦茶を飲みながら待つ咲良の耳に、ゴムと木が擦(こす)れる音が近づいてきた。

障子が開いて姿を見せたのは、車椅子姿の祖母だった。母にとりわけ厳しかった彼女はまるで鬼のように思えたが、今目の前にいるのは咲良が怒りに任せて殴ったらすぐに死んでしまいそうな枯れ木のような小さな老女だった。

会ったら言ってやりたいことが山ほどあったけれど、そのすべてが萎んでしまうほど、弱々しい姿に咲良は内心動揺する。

車椅子を押していた伯母が、ミイラのように小さくなった祖母を抱いて座卓を挟んだ咲良と父の前に座らせる。

「よく来たね、二人とも」

祖母の目は濁っていて、たぶん視力が落ちている。焦点が合っていない。老いた祖母の姿は、咲良から過去の恨みを若干薄めた。

母に厳しかった。けれど咲良には優しかった祖母。

シワシワの唇が震えるように開く。

「間に合ってよかった。まだ、花は咲いているよ」

祖母の枯れ木のような右手が上がって緑に覆われた山を指す。

母が咲良を置いて入っていった山。

「ありがとう、母さん」

父が丁寧に頭を下げる。咲良には意味がわからなかったが、父に倣って頭を下げた。

祖母の白濁した目元が濡れていた。

「お茶を飲んだら山へ行くぞ」

「山にっ⁉」

「そうだ。日が沈まぬうちに」

「日が沈むって、まだ二時半じゃない。第一、山に登るなんて、聞いてない」

てっきり実家になにかを預けているのだと思っていた。

父に命令されたようで、つい反発したが、山に入るつもりはあった。ブルーポピーが咲いている場所は山の森の中だからだ。

「山は日が沈むのが早いんだ。それに……」

次の父の言葉に、咲良は絶句する。

「美菜子の花が一つでも多く咲いているうちに」

美菜子。父が母の名を口にしたのを聞くのは何年ぶりか。

驚きと戸惑いで、咲良は飲んだ麦茶を咽ってしまう。

「おやおや」

祖母が震える手で、ティッシュの箱を取ってくれた。咲良に渡しながら、震える声で言う。

「早く行ったほうがええ」

父の後について山へ向かった。

反発する気持ちがなくなったわけではないが、母の花というのが気になった。

山というよりも、突然現れた大きな森というほうがしっくりくる。

村を包囲するように、まるで壁のように木々が生い茂っている。

一歩森に入っただけで視界も、気温も一瞬で変わった。空が見えなくなり、ひんやりとした空気が肌を撫(な)でる。

道といえるような整ったものはなく、誰かが通ったであろう跡を登っていく。まさに獣道。

「この先に、お前に見せたいものがある。お母さんが残したものだ」

「山の中に？」

父が黙ってうなずく。

——子どもは入ってはだめ。

——山には恐ろしい怪物がいる。

——子どもは食べられてしまう。

だから決して行ってはならないと、大人たちから固く禁止されていた山に、初めて咲良は足を踏み入れている。

遠くから見ると気味の悪い巨大な緑の塊は、中に入ると余計に不気味だった。

登山用に整備されたわけでもなく、野生むき出しの山は人間を固く拒んでいる。咲良の知らない木、草が行く手を邪魔する。

地面から出た根につまずきそうになったり、毒々しいキノコを踏んづけて滑りそうになったりする。

虫の羽音が耳をかすめて背筋に悪寒が走った。

どこまで続くかわからない、深い深い緑の闇。

すぐに傾斜は厳しくなり、呼吸が荒くなる。

恨みがましく顔を上げれば、頭上を覆い尽くす葉のほんのわずかな隙間から、空が見えた。同時に、木に結ばれている紐(ひも)が目に入った。

しめ縄のような紐は、三メートル間隔ぐらいに括(くく)られている。

それを見た瞬間、頭の奥がカッと熱くなった。

初めてじゃない。

一度だけ、山に入った。

母を求めて、言いつけを破って山に入ったのだ。

幼い足で母の後をついていった。今と同じ、山道といえるような道はなく、まさに獣道を。

傾斜は厳しく、足を踏み外したらそのまま、勢いよく滑り落ちてしまう危険があった。

それでも母の姿を探して、勇気を振り絞って山に向かったのだ。

今と同じ、怖くて仕方なかった凶悪な緑の塊の中にいた。

子どもを食べる怪物が出てくるかもしれないと怯えていた。

この恐怖を知っている。

ぐちゃっとした腐葉土の感触が、スニーカーの靴底をすり抜けて伝わってくる。植物の匂いが濃すぎて、口の中が青臭くなる。葉擦れの音がガサガサと耳障りで、肌までざわつく。どちらに視線を向けても、茶と緑の濃淡だけの世界。

まだ十分も歩いていないのに体が重い。咲良を見下ろす木々からの重圧を感じる。

——お母さん、お母さんっ！

小さい足で必死に母を追う。声は届かず、母の姿はすぐに緑の中に埋もれてしまった。

あの時の恐怖が蘇ってきて、咲良はブルっと体を震わせた。

そういえばあの時、結局母には追いつかず、自分はどうしたのだろう？

諦めて山を降り、一人で祖父母の家に戻ったのか？

昔のことを思い出そうと考え込んでいた咲良は、足元への注意が行き届かなかった。踏み込んだ右足が誰かに引っぱられたかのように、ズズッと土にめり込みながら滑る。

「あっ！」

どこまでも転げ落ちる自分の姿がフラッシュバックした。

とっさに腰を下ろして、反射的に右手が近くの木を摑む。心臓が肋骨を折ってしまいそうなぐらい大きく打っている。体中から冷たい汗が噴き出す。

「大丈夫か？」

数十歩先を歩いた父が慌てて戻って来て、咲良に手を伸ばす。

差し出された大きな手を見て、咲良の心臓はさらに激しく動き出す。

薄暗闇でも、父の顔が蒼白になっていることが表情からわかった。咲良は動揺する。父が自分のために顔を青くするなんて。

摑んだ父の手は、大きく温かい。

「どこか痛むか？」

咲良はなにも言えずに、ゆっくりと立ち上がる。

「……思い出した」

「なにを？」

咲良は父の手を離し、ジーンズやシャツについた木の葉や小さな枝、土を払いながら咲良は逆に聞き返す。

「私、山でケガしたことがあったよね」

父の顔が強張った。

「そうだ。……あの時は、おじいちゃんが見つけてくれたからよかった」

記憶が蘇ってくる。

あの時も、誰かが手を差し伸べてくれた気がする。祖父だったのか。それとも、父だったのか。あるいは、それ以外の誰かだったのか。

「すぐに見つかったけど、だいぶ山の斜面を落ちていったのか、ひどい傷を負っていて。しばらく意識不明で入院したけれど、幸い脳に異常もなく破傷風も発症せず、打撲と裂傷だけですんだ。軽くて柔らかい子どもの体だから、助かったのかもしれないな」

父は咲良の顔をのぞき込む。

「怖いか？　先に行けるか？」

大げさすぎる父の態度に、咲良は疑問を持つ。

「大丈夫だよ。ケガもしていないし」

「でも、トラウマなんじゃないか？　だから、村に来たがらなかったんだろう？」

「え？」

どういうことだと訝る咲良に、父は申し訳なさそうに目を伏せる。

「怖い思いをして、その次の年にお母さんが……同じようなことになって……そのまま」

父は誤解している。

咲良が村に来たくない理由は、山でケガしたことがトラウマになっているわけじゃない。

だが、咲良はわからなくなる。

自分自身、山で大ケガをしたことを忘れていた。

父も祖母も伯母も親族たちは、咲良が頑なに村に来ないことを、子どもの頃に山で怖い目に遭ったトラウマを抱えているからだと思っていたのか。

咲良は村に行くことを拒否してきたが、その理由をはっきり言わなかった。言うよりも先に、問答無用で拒否してきたのだ。

「辛いことを思い出させてしまったかな」

父が咲良に気遣う。それが咲良にとっては的外れで、忌々しいことこのうえない。

だが、父だけを責めることはできない。

「もうすぐだ。歩けるか？」

咲良は無言で力強くうなずく。

父は安心したようにうなずき、咲良に背を向け歩き出す。

歩き続けて、咲良も父もやや呼吸が荒くなってくる。

ちょっと休みたいと思ったときに、父が声をかけてきた。

「お母さんが咲良のために植えた木があるんだ」

母が木を植えた⁉

「ようやくその木――お母さんの花が、満開になったんだ」

どういうことかと問う前に、いきなり視界が光に満ちた。

薄暗い中をずっと歩いていたせいで、降り注ぐ陽の光に目がついていけなかった。固く閉じた瞼を、ゆっくりと開いていく。

そして、目の前に突然現れた花園に、咲良は言葉を失う。

薄気味悪い緑の闇の中に突如現れた楽園のようだ。湿っていた空気は一掃されて、ほんのりと甘い香りが漂っている。

背の高い木々に守られているように囲まれた花畑。野球場よりもずっと広い敷地に、色とりどりの花が咲き誇っているが、目を引くのは、その中心に女王のように佇む八重桜だった。

咲良は吸い込まれるように花をかき分けて進み、桜の木に近づく。

幾重にも花びらをつけた雪洞のような花が、咲良を歓迎するように揺れる。

東北の桜前線は確かに遅いが、それにしてももうすぐ七月だというのに、桜は満開だった。大きな桜色の雲のようだった。

風が吹く。花びらが散って、桜色が宙を舞う。足元の花が揺れて、まるで桃源郷にいるよう。

「咲良のために、お母さんが植えて育てたんだよ」

ふわふわとした気持ちで辺りを見回す。宇喜多がいたらどう思うかとか考える。

「私のため?」

「お母さんは咲良を妊娠した時から、誕生樹を植えたいと考えていたんだ。でも、うちはアパートだったし」

誕生樹とは、子どもが生まれたのと同時に木を植えて、子どもの成長と共に見守るものだ。子どもの成長を祝う木が選ばれる。

「お母さんが、この桜の木を植えてくれたの?」

なぜ、ここに?

どうして、お母さん。

「ここは村の秘密の花畑なんだ」

足元には紫色の花が咲いていた。

「これはトリカブト。劇薬の花」

咲良が小さく飛び上がる。トリカブトの名前は知っている。殺人事件に使われたこともある猛毒の植物だ。でも、実物を見たのは初めてだった。

「他にも毒性のある植物がある。きれいだからとうっかり触ると大変なことになるものが」

「そんなもの、なんで育てているの？」

非難する咲良に対して、父は諭すように言う。

「今なら車で街に行けるが、昔はそうじゃなかった。簡単に病院に行けなかった。だから村ですべて完結しなければならなかったんだよ」

父はポピーが咲く一角を指差す。

「あそこには麻薬の原料になる芥子（けし）の花や、大麻がある」

咲良は声を荒げる。

「それ犯罪！」

「そうだ」

父は落ち着いた声で応える。

「毒と薬は紙一重。芥子は麻酔、トリカブトは助からない患者の苦痛を取り除くために使われた」

「それ……安楽死させたってこと？」

父は悲しそうに目を伏せた。

「お父さんがまだ生まれる前の話で、今はもちろんそんなことしていない。でも、違法な植物はまだここにたくさんある。この村に余所者(よそ)が尋ねてくることはまずないだろう。それでも一枚の写真がインターネットに載って一夜にして有名になってしまう世の中だ。慎重を期して、この花畑は消す。それが決定した。もう、この花畑を深く愛する者もいなくなってしまったし」

「それはお母さんのこと？」

親族にいびられても、ここに来たかったぐらいこの花畑を愛していたのだ。

「消える前に、咲良に見てもらいたかったんだ。この花畑を」

初めて知った花畑。そこがもうすぐ消えるのだ。

「この桜の木も？」

「残したいとは思っているが、大量の除草剤を撒(ま)いたら、この木も影響を受けてしまうかも知れない。お母さんの好きな花の周りも避けるつもりだが、どうなるかわからない」

「お母さんの好きな花？」

「こっちだ」

父が花の中を進んで行く。ついていくと、視線の先に、突如現れた水たまりのような淡い青色の一角が目に飛び込んできた。

眩しい空のような美しさ。

いつか母が咲良にくれた花。

薄い、透明感のある青い花びらが足元で揺れる。

「これは日本で育つのは難しいらしいね。これを見つけた時の美菜子の喜びようったら。この花を見つけて、ここに咲良の誕生樹を植えたいと言ったんだ」

父がそっと一本摘み取って、香りをかぐように顔に近づけた。その横顔は泣き出しそうなのに、とても幸せそうで、今まで見たことのない父の表情に、咲良の胸から黒い澱が溶け出していく。

「ヒマラヤの青いケシ、幻のブルーポピー。ヒマラヤや中国奥地などの標高の高いところで生息している花」

「よく知っているな」

父が驚いた顔で咲良を見る。

「お母さんが教えてくれたのか？」

「ううん。職場の上司。今、植物園で働いているから」

「植物園？」

父がますます驚く。

そういえば、県庁職員になったとしか伝えていなかった。どこかの役所で事務員でもしていると思っていたのだろう。咲良もそんな未来しか想像していなかった。

「だからベランダでは育たなかったんだな。何度も苗を持ち帰って挑戦したみたいだけど」

母がブルーポピーを持ち帰っていたのを知らなかった。すぐに枯れてしまったので、咲良は気づかなかったのだろう。

「……そこまで好きだったんだ」

確かに美しい花ではあるが。

父が懐かしそうに目を細める。

「お母さんの故郷にも咲いていたらしい。咲良が生まれる前に両親を亡くしているから、もう実家はないんだ。でも、この花を見つけたときから、ここがお母さんの故郷になった、と言っていた。そしていつか、大きくなった咲良と一緒に、花を眺めるのを楽しみにしていた」

花へと伸ばした咲良の手が止まる。

「お母さんが山に入ったのは、この花畑に来るためだけ？」

父が不思議そうな顔をする。

「そうだよ。それ以外にこの山でなにかあるか？」

「私はてっきり……」

ゆっくりと花を摘み、そっと見つめる。

「お母さんは、山菜やキノコを採りに行かされていると思っていた」

父親が弱々しく首を振る。

「そんな風に思っていたのか……。山菜やキノコが採れる豊かな山なら、どれほどよかったか。そんな山があれば、男たちは出稼ぎに行ったり、若者が村を出て行ったりしなくてもよかったかもしれないな」

「出稼ぎ……。じゃあ、おじいちゃんや伯父さんたちの姿が見えなかったのは、そういうことなの？」

「おじいちゃんは施設に入ったよ。栄(さかえ)伯父さんは夜には帰ってくるはずだ。久しぶりに咲良が村に来るのを喜んでいたから。他の親族は村を出て行ったり、もともと他から盆暮れ正月だけ帰ってこられるだけだから」

咲良はブルーポピーを手に、吸い込まれるようにふらつきながら八重桜の木のそばによる。

辛(つら)い記憶として思い出したくなかった。だから子どもの頃の考えから脱せなかった。大人になった今、冷静によく考えればひと目のつかないところなど、山まで行かなくても大きな屋敷にはいくらでもある。山を降りてきた母の手に、山菜やきのこがあったことはなかった。

──いろいろな花が咲いてきれいでしょう?

村に行きたくないと訴える咲良に、陽だまりのような微笑みで母がいつも言っていた。

母の言う花は村に咲く花や畑の作物がつける花のことではなく、桜やブルーポピー、この花畑に咲く花々のことだったのだ。

「咲良?」

父が心配そうに顔で近づいてくる。

見上げれば、視界一杯に桜色が広がっている。

「……ようやく満開になったって言ったよね」

「大きくなるのは早かったけれど、なかなか蕾をつけなくて。二年前からようやく少しずつ蕾をつけるようになったんだ。それが、いきなり今年は満開に。きっと、咲良が立派に社会人になったのを祝福しているんじゃないかな」

「天国からお祝いしてくれたんだね」

咲良の内側でいろいろな感情が渦巻き、整理できないままぼんやりと桜の花を見つめる。

父の手が触れるか触れないかぐらいにそっと、繊細な花びらに手を伸ばすかのように恐々と咲良の頭を撫でた。

「咲良、ずっとそばにいてやれなくてすまなかった。美菜子の病気をもっと早く知ることができたなら、転職だってなんだってしたのに」

咲良は父の手を振る払う勢いで、顔を向ける。

母は山でケガが悪化してそのまま……ではないのか。

「ケガで入院してわかったんだ。癌に侵されていたこと。しかもすでに末期だったこと。

咲良には詳しいことを言っていなかったな。……言えなかったんだ」

父はうつむき、人差し指と親指で眉間をぎゅっと摘まむ。

「お母さんを失った咲良にどう寄り添っていいかわからずに、寂しい思いをさせてしまったな。美菜子に甘えて、育児を任せっぱなしにしてきたツケだ。本当にすまない」

父の口から、悔しさと後悔を滲ませた声が絞り出される。

咲良はどこか他人事のように、テレビの向こうの人が話しているかのように聞こえた。

父は咲良が懐いていないのは、育児にかかわらなかったことだと思っている。だから、懐いていない父親よりも、女手のほうが咲良に良いだろうと思って伯母にきてもらったのだろう。それでも咲良が拒否するから、プロであるシッターがやってきたのだ。

母子家庭のような暮らしで、たまにしか会わない父に懐いていなかったのは事実だ。

でも、咲良が父を拒否した理由はそこではない。そして、その理由は間違いだった。

咲良も間違っていたのだ。

育児に無関心な父。

無理矢理連れて行かれた夫の実家での嫁いびり。

それらが母の寿命を削った。

そう信じていた。

「私はずっと……なにを憎んでいたのだろう」

憎む相手も、怒る相手も間違っていた。

眉間を押さえたままうつむく父の指が濡れている。

父が……泣いている。

咲良の胸に渦巻いて絡まっている整理しきれない感情が、ストンとどこかに落ちる。

父はほとんど家にいなかった。

でも、ちゃんと母と咲良を愛していた。

ふと、前田（まえだ）のことを思い出す。

近づきすぎてもうまくいかないことがある。逆も然（しか）りで、近くにいるだけが愛情じゃないのだ。

雪洞のような花が、踊るように頭上で揺れる。

優しい母の笑みが見えた気がした。

子どものときは果てしなく広くて不気味だと思っていた平屋の日本家屋も、今では珍しいかやぶき屋根の趣のある古民家に見える。

ギシギシと鳴る古びた廊下も、影に包まれた奥の部屋も、今の咲良にはなんの恐怖も与えない。

山から帰ってきた咲良たちのために、伯母が麦茶を淹れてくれた。

お茶と父が土産に持ってきた菓子を前にして、改めて老いた祖母を見る。

細くてシワの多い指が、少し震えながら菓子をつまんだ。個包装されているチョコレートクッキーを取り出そうと、袋の先を破ろうとするが手にうまく力が入らないのを見て、咲良が手を伸ばす。

「おばあちゃん、貸して」

祖母から受け取った赤い袋を破って返す。

「ありがとうよ。お母さん、美菜子さんに似てきて、きれいになったね」

白濁した目が細くなる。伯母も穏やかな笑みを浮かべている。

ここにはいない、かつて居間に集まっていた親族たちも、きっと同じぐらい年老いているのだろうと思うと、寂しい気持ちになる。

「私、ずっとお母さんは、みんなに嫁として虐められていたと思っていた」

責められる覚悟で咲良がボソリと零すと、父を始め、祖母も伯母も虚をつかれたように動きを止めた。

伯母が苦笑する。

「咲良ちゃんから見たら、そう見えたのかもね。今は男の人でも家事育児をするのも、女の人が稼いでくるのも当たり前の時代だもんねぇ。女たちが汗を流しながらおさんどんしている間、酒を飲んでいるんだから。親族が集まれば台所仕事は戦場のように忙しくなるから、怒鳴りあうように年長者が指揮をとるし」

父も苦笑する。伯母は少し恥じらうように目を伏せて付け足す。

「でも、出稼ぎに行って、久しぶりに帰ってきた夫や息子たちにはゆっくりと寛いで、家庭の味を楽しんで欲しいと思うのも母心、妻心なんよ」

祖母がシワの寄った唇を開いた。

「美菜子さんは働きもんじゃった。桜の木を植えさせてくれるからと。盆暮れの忙しい仕事をすべて引き受ける勢いで働いてくれたねぇ。土地代なんかもらうつもりなんてなかったのに」

「義理堅い人だったから」

伯母も菓子に手を伸ばしながらしみじみと言う。

土地代――。

咲良はパーキングエリアで父がぼそりと口にしたことを思い出す。

母は咲良の誕生樹を植えさせてもらう恩返しのために、村や親族に尽くしていたのだ。

嫁としてという思いも多少はあったかもしれない。でも、それ以上に感謝の気持ちが大きかったのだろう。母がいないとき、親族か村の誰かが桜の木や花畑の世話をするのだから。

「美菜子さんは青い花を眺めながら、両親や故郷のことを思い出してよく泣いとったわ。よほどあの花に想(おも)い入れがあるんだろうねぇ」

母にとっては、ここが自分の故郷だったから。

自分の代わりになる桜の木を、咲良の名前にちなんだ木を植えること、母の家族の思い出が詰まったブルーポピーを愛でて、持ち帰ること。

「嫌な思いさせちゃってたのね」

咲良を責めるどころか、まるで幼子に接するかのように優しい。彼女たちの中では、外見は大きくなっても、幼い孫、姪(めい)のままであるらしい。

「いまさら遅いかもしれないけれど、ごめんね」

遅いのは自分のほうだ。もっと早くにここに来るべきだった。

父が縁側の向こうに見える山を眺めながら、ボソリと呟く。

「美菜子は本当によくできた妻だった」

沈んだ空気を追い払うように、伯母が明るく声をかける。

「そういえば咲良ちゃん、県の職員になったんだって。すごいじゃない。仕事はどう?」

咲良は背筋を伸ばして、きっぱりと言う。

「お母さんがつけてくれた名前のおかげで、すごくいい職場に配属されたの」

「まあ、それはよかった」

伯母が大げさに喜んで見せる。祖母もシワだらけの顔をさらにクシャクシャにする。

「今晩はお父さんが持ってきてくれたお肉で、すき焼きにしましょうね。お父さんと咲良ちゃんは先にお風呂に入るといいわ」

「私も手伝う」

よっこいしょと重そうに腰を上げる伯母を見て、自然と言葉が出た。

伯母が笑う。

「大丈夫よ。すき焼きなんて簡単だし」

「私が一番若くて元気だもの」

腰の曲がった祖母はもちろん、伯母もいい歳だ。母も土地代や、桜の世話のお礼としてというよりも、こんな気持ちだったのかもしれない。咲良をのぞけば、母が村の中で一番若いぐらいの歳だったはずだ。

「じゃあ、俺はちょっと畑のほうを見てくるよ。日が沈む前にな」

父が残りの茶をさっと喉に流し込むと立ち上がって、さっさと居間を出ていった。

「まだ畑仕事があるの？　畑は閉じたんじゃ」

祖母と伯母が顔を見合わす。

「美菜子さんの桜を畑に挿し木しているの」

「いつから？」

「去年。花畑をなくそうと決めたときにお父さんが自分で。桜にも影響がないとも限らないし。畑で咲けば山に入る危険もなく、花を楽しむことができるし。でも、なかなか大きくならなくて、苦労しているみたい」

祖母もうなずきながらしゃがれた声を出す。

「どうしても、美菜子さんの桜を残したいのだろう」

「そっか……」

もしかしたらブルーポピーも残らないかもしれない。と、寂しく思った瞬間、アイデアが閃（ひらめ）いた。

「ねえ、園芸用の鋏（はさみ）あるかな」

伯母が不思議そうに首を傾（かし）げた。

「美菜子さんが使っていたものが残っているはず。錆（さ）びていなきゃいいけど」

咲良は元気に売店のドアを開ける。

「おはようございます」

両手いっぱいに村からの土産を持って現れた咲良に、宇喜多が挨拶も忘れて、花を撒き散らすかのような感激の笑顔を浮かべる。

「すごいですね。僕、初めて本物を見ました」

ゆっくりと立ち上がり、咲良が抱えているブルーポピーに顔を近づけて、蕩けそうな目で見つめる。

「透明感のある美しい色ですね。神秘的というか」

「車に詰め込めるだけ詰め込んで来たので、ドライフラワーや押し花にして、夏のイベントに使いませんか？」

「いいんですかっ⁉」

「もちろんです」

「ではさっそく作りましょう」

宇喜多がウキウキと事務所に入って、押し花作りに使う薄紙や重しを持って戻ってくる。咲良は棚から紐を出して、五、六本を一つに束ねて括っていく。ハンギング法でドライフラワーにするためだ。

宇喜多は鋏とピンセットを使って、丁寧に薄紙に花を広げていく。

黙々と作業をしながら、ふと視線を感じて顔を上げると、宇喜多と目が合った。

「なにか？」

「いい週末を過ごせたようだなと思いまして」

咲良は自分が抱えているブルーポピーを見て素直に思う。

「はい。いい週末でした」

これも宇喜多のお陰だ。

「もう、家出しなくて済みそうですか？」

宇喜多が穏やかかに微笑む。

「そうですね……」

父とは離れていた時間が長いし、誤解が解けたからといって、すぐに仲良し親子にはなれそうもない。やはり会話はぎこちないままで、一緒の空間にいるとちょっと気疲れする。それでも憎しみの思いがなければ、少しずつ良い関係になっていくだろう。

人間には言葉があっても、植物よりも意思疎通ができないときがあるのだ。

「それにしても、どこに咲いていたんですか？」

「それは秘密です」

あれは村の秘密の花畑。来年には消える、幻の花畑だ。

母の故郷も東北だったと聞いた。たまたま気候や土の条件が似ていたのだろう。

を育てられはしまい。


「代わりに根のついた花も持ってきています。でも、ここでは育ちませんよね」

毎年猛暑でニュースに取り上げられる前橋市。さすがの宇喜多もヒマラヤの高原植物を育てられはしまい。


「この植物園では難しいですね。でも、島津くんなら」

宇喜多が手を止めてしばし考え込む。

「えっ⁉」

「島津造園には提携している花農園が全国にたくさんありますから、ブルーポピーの栽培に協力してくれるところもあるかもしれません」

母にできなかったことが、彼にできるのは、ちょっと悔しい気がする。でも彼ならきっと……と心の隅で期待する気持ちも生まれる。

ブルーポピーは緑の指を持つ彼に任せるとして、咲良はもう一つの花に想いを寄せる。

いつか満開の桜の下で、みんなで花見できたら……。

「宇喜多さん、桜の挿し木を育てるコツとかありませんか？」

売店のドアが勢いよく開いた。

ふーちゃんが驚いて羽をばたつかせる。

「こんにちは」

売店に前田が入ってきた。

「いらっしゃいませ」

咲良と宇喜多の声が被る。

前田が少しはにかみながら言う。

「やっぱり庭木を植えたくなったの。この前のノート見せてくれるかしら」

今日の前田は、咲良が見知った明るくてチャキチャキとしたおばあさんだった。元に戻ってくれてよかった。

「はいっ。これです」

咲良が素早く業務日報を手に取って、例のページを捲(めく)って前田に差し出す。

「ありがとう」

憑(つ)き物が落ちたような前田の笑顔。この数日でどんな心情の変化があったのだろうと、思った咲良の心を読んだかのように前田が言う。

「この数日で庭木を植えたいとか、止めたいとか、やっぱり植えたいとか、困惑させちゃったわよね」

「え、いいえ」

その通りだが、前田の子どもへの想いを知っている咲良は否定する。だが、それを知らない宇喜多が無邪気に尋ねる。

「なにかあったんですか？」

ヒヤリとする咲良をよそに、前田がガハハと大笑いする。

「あのね、再検査、大丈夫だったの」

「再検査？」

なんのことかと目を丸くする咲良に、前田は説明する。

「市の健康診断で肝機能の要検査が出て、最悪死んだ後のことを考えたの。子どもたちになにか残したい。死んでも子どもたちのことを見守りたい。そう思って自分の分身になりそうな庭木を植えたかったの」

前田の様子がおかしかった買い物袋を持っていなかったあの日は、再検査に行く前だったのか。

「でも、子どもたちが庭木を育ててくれるとは思わなかったから断っちゃったけど、やっぱり育てたいの。子どものためじゃなく、私のために。まだまだ好き勝手に生きることにしたわ」

前田が凛々しく笑う。

「親から見事に巣立っていったと考えれば、私の子育ても間違っていなかったわよね。寂しいけれど、親離れできないよりはマシ」

前田のような過干渉と、咲良の父のような放置気味の育児と、どちらがマシかはわからない。

ただ、どちらも子どもへの愛はあった。

それだけは真実。

「コピーしてきましょうか?」

咲良が言うと、前田がオーバーなほど手を振って拒否する。

「いいの、いいの。忙しいんでしょう」

レジの机で広げられた、ブルーポピーを見ながら言う。

「とってもきれいな花ね。なんの花?」

咲良が胸を張って応える。

「ブルーポピーです。珍しい花なんですよ。夏休みのイベントとして、この花を使ったハーバリウム教室や、押し花で作る栞教室なんかを考えています」

前田が手を叩く。

「それは素敵。私も参加させてもらっても?」

「もちろんです」

前田がパタンと業務日報を閉じて咲良に渡す。

「植物の名前は覚えたわ。どれにするか、じっくり考えます」

「そうですか」

前田はこれからスーパーマーケットで朝市特売があるのだと言って去っていった。

前田の健康に異常がなかったことに、咲良は安堵する。

「いろいろありましたが、すべて今のところ大丈夫ってことですかね」

宇喜多が嬉しそうに言うと、ふーちゃんも機嫌よさそうに羽を羽ばたかせる。

「桃栗三年、柿八年。……馬鹿メ」

なぜ柚子と十八年を略した、と咲良はふーちゃんを睨みつける。ふーちゃんは気にすることなく、羽を広げて遊んでいるようだ。

「まあ、確かに私はバカだったわ……」

「どうしました？」

咲良の呟きに、宇喜多が首を傾げる。

「いえ、なんでもありません。ただ……」

「ただ？」

「宇喜多さんの言うように、植物は人を救うかもしれませんね」

宇喜多の手が止まる。顔を見なくとも、彼が動揺しているのがわかって、少し笑いそうになってしまう。

「イベント、絶対成功させましょうね」

「きっと成功しますよ」

澄んだ青空を映したような花が甘く匂う。

花は嫌い。

花は大嫌い。

だったのに植物園に勤めることになって、まさかこんな展開が待っているとは思わなかった。

県立四季島公園植物園、ここが咲良の職場。

終わり

※本書は書き下ろしです。
この物語はフィクションです。作中に同一の名称があった場合でも、
実在する人物、団体等とは一切関係ありません。

宝島社
文庫

青い花の下には秘密が埋まっている
四季島植物園のしずかな事件簿

(あおいはなのしたにはひみつがうまっている　しきしましょくぶつえんのしずかなじけんぼ)

2020年8月20日　第1刷発行

著　者　有間カオル
発行人　蓮見清一
発行所　株式会社 宝島社
〒102-8388　東京都千代田区一番町25番地
電話:営業 03(3234)4621 ／編集 03(3239)0599
https://tkj.jp

印刷・製本　株式会社廣済堂

ISBN978-4-8002-9840-9